诗
想
者

H I P O E M

生 活 ， 还 有 诗

万峦堂

Wanaotang

特约策划/ 刘　春
责任编辑/ 亢东昌
责任技编/ 王增元
封面设计/ 桂　裴

图书在版编目（CIP）数据

万峦堂 / 卢小宇著. -- 桂林 ：广西师范大学出版社，2024.5
ISBN 978-7-5598-6857-2

I. ①万… II. ①卢… III. ①诗集－中国－当代 IV. ①I227

中国国家版本馆 CIP 数据核字（2024）第 065069 号

广西师范大学出版社出版发行
（广西桂林市五里店路 9 号　邮政编码：541004
网址：http://www.bbtpress.com）
出版人：黄轩庄
全国新华书店经销
广西广大印务有限责任公司印刷
（桂林市临桂区秧塘工业园西城大道北侧广西师范大学出版社集团有限公司创意产业园内　邮政编码：541199）
开本：889 mm × 1 194 mm　1/32
印张：7.125　　字数：140 千
2024 年 5 月第 1 版　　2024 年 5 月第 1 次印刷
定价：76. 00 元

序

作为来处而非归途的“万岙堂”

王士强

卢小宇的诗集《万岙堂》是面向故乡、面向过往、面向时光的一曲挽歌，其中的“万岙堂”意象让人印象尤为深刻，已然形成一个具有独特辨识度的精神文化地标。万岙堂是卢小宇生于斯长于斯的故乡，这个故乡在当今时代已然沧海桑田、消逝不见，它更多是作为记忆和精神文化空间存在的。或者说，“万岙堂”是卢小宇为自己建立的一座纸上故乡，现实中的故乡早已了无踪影，但纸上故乡、精神故乡却可长存、历久弥新。文学之中的故乡可以说是一个“元命题”，具有原型和普遍性意义，无论是福克纳的约克纳帕塔法、马尔克斯的马孔多、沈从文的湘西边城、莫言的高密东北乡，都早已穿越时空广为世人瞩目，在当代诗歌中，江非的平墩湖、徐俊国的鹅塘村，以及诗人慕白的包山底，也都成为各具特色的文化标识，体现着各不相同的“地方性知识”。现在，卢小宇的万岙堂也加入了这样的写作谱系和序列之中，并呈现出为卢小宇所独有的一些精神文化图谱。相比较而言，平墩湖、鹅塘村、包山底这样的意象在一定程度上具有精神家园的特征和属性，是价值和情感的归属、皈依之地，或多或少带有一些乌托邦或者浪漫化色彩，而在卢小宇这里则更多的是直面，是审视，他没有将“万岙堂”拔高或美化，没有将之作为未来的归宿，他写出了万岙堂过去与现在之间的巨大差异，在两相对照中显出特别的质地与力量。“万岙堂”是卢小宇的来处，是出生地、童年、少年，它美好、温暖、缓慢、余韵悠长，但是，它早已被“拆迁”，踪影全无，而被高楼大厦代替，人们的生活也已发生天翻地覆的变化，节奏加快，物质丰富，但同时也被快速度和高效率折磨得喘不过气。“万岙堂”的过去与现在是撕裂、断裂的，而未来，也是茫然无知、无所依傍的，卢小宇是在这样的困境之中进行他的诗歌写作的。

我们所处的时代确可谓千年未有之大变局，在快速的城市化、现代化过程之中，有着太多的变化在发生，古老的文明遭遇严峻冲击，现代文明快速推进，文化、文明、生活方式、思维方式的交流与冲突以空前的规模和复杂性在迭代发生，此种情形在人类历史上也是空前甚至绝后的。能够亲身经历这样的变化的确是一代人的幸运，它在历史长河之中实属稀有，可遇而不可求。这同样也是一个如歌如诗、可歌可泣的时代，召唤着诗歌进行书写，记录下时代、社会与人心所发生的变化，留下诗歌的证词。卢小宇的《万岙堂》可以说正是因应这样的召唤而出现的，它收集、再现逝去的时光，其人其事其情其景活灵活现，这里面写到了台风、运河、码头，写溺水而死的孩童，写“死在酒缸里”的酒鬼，写露天电影，写“南大街”，写“父亲的七十年代”……将这一片地域的风土人情、生产生活、家长里短进行了多方位、多角度的观照和呈现。他的诗主要是一种昨日重现，是对记忆的复刻、再现，同时也加入了变形、象征、隐喻、反讽、荒诞等艺术手法，使得现实充分地艺术化，更为凝练、浓缩、生动，也具有了一定的戏剧性、传奇性和“魔幻现实主义”色彩。比如《村庄》中写：“村庄已空无一人 / 只有早年夭折的孩子 / 还时时回来 / 回到他们熟悉的家 // 在野草高过头顶的弄堂里 / 他们来回奔跑，相互追逐 / 一如他们活着的时候 / 只是不会再跌倒 // 他们走进日渐颓圮的老屋 / 他们推开堆满灰尘的木门 / 却没有灰尘飘落　他们 / 躺在出生的床上假装睡着 / 却再也没有梦”，以魂灵的形式写人的死与生，同时也是写村庄的死与生和时代的变迁，形象而传神，引人思索。《创世记》则以高度象征化的手法写关于生存、存在的世界图景，具象而又抽象，有着极为丰富的内涵。《放学后的游戏》连接了三十年，有着复杂深沉的人生感慨：“三十年后，我们再玩一次放学后的游戏 / 不用剪刀石头布或者点兵点将 / 死了的分一组，活着的另一组 / 老师做裁判，一个还活着，一个也死了 / 活着的同学人到中年，腰肌劳损，腿脚不如少年 / 死了的依旧年轻，脚步无声，躲起来没有影子 / 他们躲进了扔在河埠头上的旧书包里 / 装作是一道做错的题，装作是一支铅笔头 / 只剩下他们的破拖鞋东一只、西一只 / 只剩下他们的名字挂在黄昏的竹竿上晃晃荡荡 / 只剩下悲伤的妈妈哭喊的声音抖落无数灰尘 / 只剩下他们突然无声无息地出现在我身后 / 喊一声：小宇，不许动！”其中饱含情感而又出以自然，含不尽之意于言外，富有张力。万岙堂作为一种“过去时态”的存在，诗中将之呈现出来，正体现着深情、温情，体现着对岁月、对人生的深入理解、认知与关切。

面对进行之中的生活、迅疾变化的时代，卢小宇既不激烈地反抗、诅咒、排斥，也不无保留地歌赞、迎合，既不过于热烈，也不过于冷漠，他的态度更多是不即不离、若即若离的，他冷静地观察、耐心地体味，发现生活中习焉不察的诗意与诗性。有两首短诗颇能见出卢小宇诗的特点。《断章（一）》写：“喝完一坛老酒，我醉了吗？/ 抱着空酒瓮去花店插花 / 野兽是我，美女也是我 / 哭喊的不是我，在路边 / 坐了一夜的那个才是我”，《断章（二）》写：“点燃头发 / 头顶上 / 一片光明 / 把脑袋摘下来 / 狠狠摔在地上 / 是痛多一些 / 还是快感多一些”，这里面有着对于生活的抽离、审视、冷眼旁观，也有对于“更高的真实”、心理真实的寻索与呈现，言简而意丰。《星期天下午》中写：“春天会不会来到星期天下午的教室里 / 让每一张被作业本折磨得疲惫不堪的课桌 / 都有机会春意盎然起来 / 桌椅板凳全都长出新鲜嫩绿的叶子 / 上面奔跑着昆虫的微笑和野兽的呼吸 // 一片常春藤迅速爬上写满白色粉笔字的黑板 / 绿色的叶子挂满清澈的露水　姿势优雅地 / 覆盖掉　密密麻麻的标准答案 / 另一种叫不上名字的植物悄悄地爬到老师嘴边 / 用它含情脉脉的叶子 / 温柔地捂住了他正准备讲课的嘴”，写出了具体而微的形而下生活，却又拉开了足够的距离，具有戏谑、反讽的意味和象征性，既入世又出世，既投入又疏离，传达出了一种极具诗性、可能性的状态。

“万岙堂”是卢小宇献给世人的一个文化空间，它颇为独特，富有张力，给人留下深刻印象。同时，它也仍然是一座富矿，值得以后好好进行挖掘。假以时日，相信它能够成为重要的诗歌地理空间为更多读者所知。同时，也希望卢小宇由万岙堂出发，与当代生活、与内心处境短兵相接，磨砺思想、锻炼语言，不断拓展、丰富自己的诗歌世界，成长为一个大体量、综合性的写作者。从目前的基础出发，他的写作值得更多期待！

我与小宇相交并不多，迄今并未见面，但交流过程中多有共鸣、心有戚戚。小宇命我为新诗集写点文字以为序言，尤感于《万岙堂》所带给我的美好阅读体验，不得不从命。匆匆写下如许感受，挂一漏万，勉以为序！

二〇二四年立春日

（王士强，文学博士、天津社会科学院文学与文化研究所研究员、中国现代文学馆特邀研究员、北京师范大学文学院博士后、《诗探索》编委，主要从事中国当代诗歌研究与评论。）

目　录

第二辑　小城民谣

第五辑　　诗歌朋克

第一辑

村庄灵歌

村　庄

在黄昏清冷的空气中
送亲人上山
他们送别了亲人
就再也没有回到村庄

村庄已空无一人
只有早年夭折的孩子
还时时回来
回到他们熟悉的家

在野草高过头顶的弄堂里
他们来回奔跑，相互追逐
一如他们活着的时候
只是不会再跌倒

他们走进日渐颓圮的老屋
他们推开堆满灰尘的木门
却没有灰尘飘落　他们

躺在出生的床上假装睡着

却再也没有梦

创世记

星期一，我爸问我要钱去看病
我说没有钱真的没有钱
这样我觉得自己很不孝顺
白天阴沉沉的满脸伤疤
夜晚湿漉漉的
父亲不停叫唤着我的小名

星期二我编造了谎言让自己幸福
哥哥在屋外淋着雨磨一把刀
我用胆怯的眼光望着从小养大的鸡
它是我唯一的朋友，它对我信任
雨水埋葬了它的呼救声和鸡毛

星期三，星期三，该死的星期三
父亲的葬礼上，女人们吹吹打打的眼泪里
盘着一条冬眠的蛇，勇敢的姐姐
挺着个大肚子在送葬的人群中挤来挤去
骄傲地宣布要去发达的南方摆水果摊

卖苹果，养活肚子里的孩子

他们说我生来就有罪
星期四我被人打得满脸是血
星期四继续在下雨
始终没出现的娘继续没出现
娘也曾说我生来就有罪

大雪覆盖了村前村后所有的道路
我一个人站在星期五的屋顶上
不知道南北西东，南北西东
我两手空空，心里提着
哥哥杀掉我的唯一的朋友的那把刀
他把它熬汤吃了
也骗我吃了一块仇恨的肉

北风中流传的灾难封锁了星期六
我没有任何抵抗的能力

也没有逃跑的机会
仇恨长成一片黑色的森林
母亲从外村讨饭回到家，抖落一身的雪
然后洗米做饭，命令我生火
我点燃一根骨头
把星期六烧得火光冲天

河水忙碌，搬运着春天和大地
我光着脚在河岸边祈祷
愿我在死后能遇到先我而去的亲友
愿我活着，在河里打捞上一个爱人
在油灯下生养一群朴素的孩子
让他们不相残杀，也不挨饿

通信地址

比乐清更小，比万岙更小
一个叫万岙堂的脏乱差的村庄
是我不好意思的通信地址
我赤脚走在纵横交错的田埂上
是你想象不到的粗鄙

你在写给我的信里说了粗话
字句里有还没干掉的月光
你爸在月光下揪住你妈的头发
把你和你的未来狠狠地打伤

二十多年了，一直没再有你消息
从此乐清县万岙乡前山村卢小宇收
到的月光总是朦朦胧胧的
像是月亮患了鼻炎

鞋匠爷爷

死去多年的鞋匠爷爷
挑着一担
早已穿烂了的鞋子
走在被夷为平地的石马村

不知道自己死了多少年
竹箩里的新做的鞋子
被石马人穿烂了多少回
更不知道石马村
变成一片归零的荒地

后来，爷爷走在新修的马路上
自言自语，老泪纵横
听不见他身后汽车的喇叭声
警报一样鸣叫着

父亲的七十年代

无权升学和成绩拔尖的“黑五类”
父亲被放逐的七十年代
左手握着一家七口沉重的胃
右手执一条春暖花开的鞭子
指挥着他青春飞翔的蜂群
在一个接一个的花期里流浪

金黄的油菜花　淡黄的桉树花
桃红李白的重量漫山遍野
他五颜六色的汗水多美丽
开满四季高高的山坡

他咳嗽，他的蜜蜂跟着咳嗽
他唱歌，他的蜜蜂跟着唱歌
他打了个喷嚏，他的蜜蜂
就患上了感冒，也跟着打喷嚏

忧伤的目光被植物秘密收藏

第二年的花期漫长而灿烂
父亲苦涩而美丽的汗水
酿成了汩汩流动的蜜　多甜啊
父亲被放逐的七十年代

生　日

十月廿八过完了
我才想起没给母亲打个电话
在她七十岁生日这一天
我曾多么固执地认为母亲
一直是不需要过生日的四十岁
物质贫乏的年月里
一碗加了蛋的长寿面
或者平常我们很馋的糖水荔枝
她坐在旁边静静地看着我吃
父亲长年在外跑供销
村里还没装上自来水
母亲上山挑水闪了腰
她站在灶台前烧一碗生日面
腰疼得面色煞白，满是汗水
似乎正在重新把我生一遍

小公和小婆

六十多岁的小公撑着水泥船
从城里运回满满一船的有机肥
河面上吹来的风
把他臭烘烘的行踪
提前告知村庄和田野
小婆卷起裤管坐在河埠头
整理即将卖到城里的大蒜和葱
像是在给即将出嫁的小姑
梳妆打扮。多年后夜里失眠
耳朵边总还是听到小公
在凌晨打开门，推出挂着竹筐的
旧自行车，沉重的车轮声碾着石板路
渐渐地远去。窗帘上天色渐渐变亮

剃头赞叼

剃头赞叼喝酒死了
剩下他妻子继续卖鱼
剩下他的傻儿子继续傻
剩下他的聪明的女儿
继续在他的剃头店堂里
写作业。后来他妻子改嫁
傻儿子不知所终
小女儿长成大女儿嫁人了
剩下我很长一段时间头发长了
只能跑到邻村去剃头
后来我一进剃头店总会想起
剃头赞叼，一个人喝闷酒时
也会想起这个没人再提起的
在万岙堂拿剃头剪的赞叼
好像他存在过仅仅是我的臆想

万岙堂一家人

老头子在娱乐会所待了一下午
黄昏的夕光打在他脸上，红光满面
老太太早了半小时到家
洗米做饭，最简单的菜摆上桌
她把节省下来的钱都送到了寺庙里
希望保佑她一家幸福安康
回家路上，她脸上也洋溢着红光
老两口默默地吃着晚饭
收拾碗筷的时候，老太太突然开口
——“明天是清明节，该上山
给儿子的坟拔草了。”
他们的儿子三年前死于一场车祸
他们的儿媳妇带着不到一岁的孙子
两年前嫁到了一个很远的地方

万岙堂酒鬼

在万岙堂
非正常死亡中
喝酒喝死的人
最多。剃头赞叼
打铁的张三
卖鱼的李小四
种韭菜葱的滕五
补鞋的卢老六
以及写两句歪诗
的肖秀才
统统死在
酒缸里

都几十年过去了
谁要是夜回万岙堂
万山草堂往西走几步
你就能听到
一阵阴森森的猜拳声

万岙堂的人都知道
那是这帮酒鬼
阴魂不散
夜夜回到万岙堂
重复着把自己喝死

到了四十岁我才明白
这一帮酒鬼
并不真死于酗酒
而是淹死在
人生的深水区

泥土里长出来的人

女人们不只会腌咸菜
织毛衣，扯开嗓子骂老公
还会学水田间的青蛙唱情歌
男人们不只会砍柴，种韭菜和葱
抡起棍子打逃学去摸鱼的儿子
还会讲故事、唱荤曲
把昨夜在稻草堆里撞见的秘密
画在旧报纸上

从泥土里长出来的人
琴棋书画都无师自通

黄昏是刚腌下的咸菜

黄昏是刚腌下的咸菜，盐粒像化不开的心事
还需要几天时间去溶化。祖辈的骸骨
肥沃了泥土，出产的韭菜、葱和大蒜
像万岙堂的女儿，在夜晚梳洗，黎明出嫁
睡眠珍贵的万岙堂人不讲梦话，睡梦中
听见一声一声开门关门和自行车出发的声响
方圆二十公里的集镇市场上，晨光中
卖韭菜和葱的泥土色弯曲的背影
都是被生活重量压弯了腰的万岙堂人

万岙堂人天生都会种菜

万岙堂人天生都会种菜
万岙堂人自己都是一棵菜
腿上沾满泥土
梦想被虫子吃得都是洞
但村庄万岙堂依然健在
父母日渐衰朽的骨头
还没有被时光拆迁
把自己洗干净的时候
肌肉绿色，思想有机
长满荒草的心脏里还会飞出
十只任性的蝴蝶，骂骂咧咧
“谁那么缺德拔了我的菜！”

乐琯运河上漂走的孩子

每一年都有孩子坐在黑色车内胎上嬉水
睡着了随流水漂走就再也没回来
我猜不出他们究竟去了哪里
直到那一年的 17 号台风打翻了乐清湾
海水汹涌而来
直奔进两岸悲伤的人家
我终于明白，大海收留并养大了孩子
现在一次性给送了回来

站在岸边尿尿的孩子

乐琯运河拐过万岙堂，一个孩子往河里尿尿
更多的孩子排成队往河里尿尿，仿佛他们都是
乐琯运河的一条条支流，他们在比赛谁尿得高
尿得远。他们不知道，这其实是古老的河流
在他们的身体里拐了一道弯然后继续往前流淌
直到后来的一个个夏天，一个接一个的小伙伴
被温柔的河水吞噬，打捞上来的尸体埋葬在山坡上
有时候开满了野花我不敢去采，有时候积满落叶
我更不敢拿铁丝戳树叶添补柴火
他们永远也不会知道，季风已在翠绿的身体里
改变了方向，然后继续轻轻地吹拂着这一片土地

陈庆辉

这个名字作废了已经三十一年，谁还会喊它呢
“庆辉——庆辉——”妈妈不再喊他回家吃饭
他拖着两条鼻涕在院子里和我一起玩弹珠
旧灯芯绒裤子的膝盖上磨出了两个大洞
老师喊庆辉起来回答问题，庆辉答不出来
站在位置上嘿嘿嘿嘿地笑。“庆辉——庆辉——”
庆辉把一只新出生的小猫从家里抱出来
做了我贫穷的童年唯一的宠物
“庆辉——庆辉——”我站在岸上没有喊出声音
我看着他的头发在水面上浮浮沉沉
像一株倒置水葫芦的根。第二天下起了雨
万岙堂前的运河里没有人游泳
“庆辉——庆辉——庆辉——”
他妈妈被人搀扶着对着河水已喊不出声音
那是我最后一次听到有人喊庆辉的名字

陈智才

我常常和陈智才打架
他把我鼻孔打出血
我把他脸抓破，拽住他头发
我们住同一个院子，两对门
我们是同班同学
他有一个弟弟，我有哥哥
经常是四个人打成一团
都快四十年了，我们早已亲如兄弟
打架的原因
都早已想不起来，只是记得
打输了我会回家在墙上
用孩子的字体写下：
“阿献儿狗生头毛鸡羊[1]”
打赢了几天后和好了去他家
总发现他家墙上也有没擦干净的粉笔字
“永地儿狗生头毛鸡羊！”

---

1. 狗生头毛鸡羊：万岙堂小孩子斗嘴的话，“真坏”之意。

乐琯运河的某一处码头

流水里我猜有大群戴电子表的鱼
它们计算着村庄一日三餐的时间
机动船开过来，小木船划过去
旧时光的方言和名字褪色无影
的乘客，他们和鱼一样
在我的童年的词典里冒了个泡
然后不知所终，他们牵着河水的针线
密密地织着村庄的毛线衣和坟地
死者的头顶上长满大蒜和葱
爷爷的竹担挑着两个失踪的村庄
在码头上望着水流时神色凝重
“爷爷——”我喊出这一生疏的称谓
河水就突然漫过了码头

超级台风

台风把整个乐清湾掀翻，海水倒灌
疯子一样的风拔掉一棵棵树
推倒一座座老屋，把整个万岙堂
提起来在半空中摇晃
我和哥哥爬到屋顶上加固天窗
那是 1994 年，15 岁的青春的身体
刚一站上屋顶就被狂暴的 17 号台风
拔地而起，像是台风中的一棵树
“救命——”我听到自己喊了一声
我的双腿就被哥哥死死抱住，台风提着
兄弟俩像我小时候提着两只蚱蜢在晃荡
然后是姐姐，然后是爸爸和一只手抓着爸爸
一只手死死抓住窗台的妈妈，就这样
一家人在风中摇曳像是一串的蚱蜢
谢天谢地，万岙堂伤痕累累
一家人却安然无恙，幸存的邻居纷纷传说
那恐怖的夜晚，他们似乎看到一条彩虹悬下来
又好像是一条龙降临万岙堂

杨梅酒

我抱了一大坛自己泡的杨梅酒
给父亲，与其说是父亲节礼物
不如说是我从父亲的酒坛里
偷偷舀的杨梅酒，三十年后
我一次性还给了父亲
父亲常常一个人喝酒
前几天我平生第一次主动约父亲
一起吃饭喝酒，仿佛我想把送给
父亲的杨梅酒喝一点回来
又仿佛是我终于有了
和父亲一起喝酒的资格

露天电影

我妈把我关在家里把门锁了
她脸上还有泪痕　她哭了一下午
她觉得羞愧但我猜她
更是因为心疼三更起床卖韭菜葱
半年才能赚到的那一百六十元钱
现在，她终于在十五瓦的白炽灯下
睡着了。我跳出木窗户时没有吵醒
她和她一边哭一边收拾的韭菜葱
她们都要在凌晨时醒来赶路

好人英俊坏人一张脸都是委屈
枪声砰砰砰子弹打穿了银幕
人群中我踮着脚看电影忘了酸麻
直到电影中场夜色占领幕布
广播里突然响起一个中年男人的声音
“各位村民，各位村民，今天晚上
放电影，是因为万岙堂村民卢某某的儿子
偷橘子被抓住，罚电影二本。”

我连忙把毛衣的高领拉上来遮住脸
像是电影里的蒙面人，在夜色掩护下
我看完了对我来说最贵的露天电影

酱油拌豆腐

陈旧的八仙桌上
已经连续四十多天
只摆着酱油拌豆腐一道菜
去了东北跑供销三个月的父亲
还是没有一点消息
每当有讨厌的邻居专挑我们吃饭时
在让我们羞愧的饭桌前转悠
面有菜色的母亲像是自言自语
又像是在鼓励我们
“快吃饭，你们最爱吃豆腐了”
“嗯，我们最爱吃豆腐
特别是酱油拌的豆腐”
埋头扒饭的我们姐弟仨
总是会突然抬起头来大声地说

小红莓

青春期的山压弯了悦耳的空气
风在肺叶的村庄里模仿迪斯科的动作
雨后的阳光叫不出作业本上的名字
没能赶上早自修的少年又被老师罚站
两只白蝴蝶一路追逐着他湿湿的裤腿
此刻已使他成为枯燥课堂里的一道风景
失修的教室屋顶滴下少年无辜的表情
他偷偷从口袋里摸出一捧
上学路上在草丛里采摘的小红莓
趁老师不注意把秘密塞进了嘴里
连同一个暮春的山色和布谷鸟的啼鸣
含在嘴里腮帮子鼓鼓的，像是不服气
更像是他后来早早辍学闯天下的勇气
此刻已开始在心底发育

铁山茄[1]

铁山茄开花像邻家女孩穿着白裙子的梦想
安静，朴素，带着卑微的羞涩
铁山茄结果像年轻女老师上课时
看着我们的眼睛有许许多多的黑眼珠
每个调皮的男生都可以摘到一大捧
女生安安静静的要少很多。几十年后
我们分不清有些酸有些甜的味道
到底是来自教室外老墙边的铁山茄
还是教室内女老师的眼神

1. 铁山茄：乐清对龙葵的俗称。

大白兔奶糖

姐姐 1991 年订婚的时候
姐夫挑过来最好的糖
是一包大白兔奶糖
十二岁的我和十五岁的哥哥
第一时间把它藏了起来
你一颗、我一颗地数着
把它们全分给了自己
一人分到了几十颗
那么多年，我一直觉得
我们哥俩是为了几十颗
大白兔奶糖
把亲爱的姐姐直接给卖了

老冰棍

一年级全班同学都来自万岙堂
旧仓库改的教室，物质贫乏的童年
偶尔有谁买得起一根五分钱的冰棍
全班同学默契地轮流一人吮一口
转眼冰棍只剩一条湿漉漉的小木棍
有时候买冰棍的同学心疼得
一边哭一边吮着小木棍
让我们感到深深地愧疚
三十年的时光让愧疚酿成了
一种特别的亲近感

再相聚时会心一笑
似有轻轨列车从万岙堂呼啸而过

红　瓤[1]

清晨前去万岙堂走走
路遇一位老太太
盯着我看了一会儿
露出苍老的笑容
“你好像是某某人的
儿子。”我心里一惊
两股战战，急欲逃跑
但是我忍住了，也报以笑脸：
“对呀，我是小宇，永地的
小儿子，你还能认出我呀？”
“好多年好多年没见到了！”
好多年好多年前，我是个孩子
老太太还是个健壮的女人
她气急败坏地追着我
跑过了大半个村子
一边跑一边叫嚷着

---

1. 红瓤：万岙堂对成熟变红后的用以当水果吃的苦瓜的叫法。

“你个永地的儿子，你又偷摘我种的红瓤！”

汽　水

十岁那年
隔壁南岸村
办了个汽水厂
一箱箱汽水
装在拖拉机上
运出来
同学张小飞跳上车
我跟在车后
接住他扔下来的
一瓶瓶汽水

后来他失踪了十八年
没有一点消息
再相见时
我不知道该表达什么
只是不停地说
那些合作弄来的汽水
那些合作弄来的汽水
好像特别好喝

鲜牛奶

现在我每天被动喝一瓶
光明牌高钙鲜牛奶
女儿很是不屑
我只好自己去楼下奶箱
取出仿佛等了我三十年的鲜牛奶
那时候刚离家到温州上学
常常在前一晚就开始盘算
第二天的早餐
骑着单车吃完五毛钱的糯米饭团
还要不要补充营养，再花上六毛钱
喝一瓶玻璃瓶装的鲜牛奶
总是想着想着就睡着了
但我从来没有梦到过
喝鲜牛奶。我猜是因为
当年那个刚进城的乡下少年
早早地明白了一个道理
梦里也没有免费的鲜牛奶

野草莓

山坡上隆起的土包里埋葬着
村庄的旧岁月和往事
春天的时候土包上开满野花我不敢采
夏天的时候长满一片诱人的野草莓
红红的，看上去很甜，也不敢走近去摘
这些鲜艳而寂静的花果，我坚信
就是不甘心被掩埋在地下的灵魂

青菜虫

七十多岁的父母还住在万岙堂
还像年轻时候一样忙得停不下来
父亲办个小厂，母亲一起帮忙
空余的时间在自留地上种种菜

菜看上去没什么特别，大白菜
小白菜。母亲递到我手上让我
带菜回县城的小家时，只会说一句
“我这菜是没有打农药的”
这话我相信。譬如今天早上
我洗菜烧面条，菜心里掉出一条
蜷缩着似乎还在被窝里睡觉的青虫
憨态可掬的样子像是三十多年前
我在万岙堂的小伙伴
让我犹豫了很久，我该拿它怎么办

萤火虫

骨髓点灯，黑夜里行走的同志灿若星辰
黑夜里你递来一串滚烫的心跳
黑夜里我们竭尽全力说出几个字
“我爱你”　然后和黑夜一同消失在清晨

黑暗打开了萤火虫的城堡，这些孤独者
在贫瘠的飞翔中种下生活的碎片
并且渴望收获一整个天空和童年
直到河流淹没了梦想，萤火虫
关于你的传说还在温暖每一个梦见警察的
灵魂
告诉我你日光下的栖身地，告诉我
当你老了　儿孙成群
你的孩子脾性是否依然理直气壮地飞舞过夏夜的村庄

暑　假

我顶着毒太阳卖了一上午冰棍
赚了八毛六分钱，虽然很少
但我一样兴奋地踩着旧单车往家赶
阳光直射着 1990 年的江南小村和老巷子
巷子里冲出来一个提着玻璃瓶打酱油的孩子
戏剧化的事情不偏不倚地
发生在我十二岁那年的夏天正午
孩子淌着血的额头花了一块二包扎费
我忍着没有哭出来，我要是哭出来了
我和额头破了的小孩子谁的哭声会更响亮？

南大街（一）

三十年前我在万岙堂读乡村小学
老师住在乐清城热闹的南大街里
临近毕业了，同学们不再看到老师就躲
周末会相约从万岙堂进城去老师家玩
顺便会用父母给的零花钱在南大街
买点便宜处理的水果吃
老师有时在上课时敲着黑板像是要划重点一样说：
“同学们不要在南大街买烂了的水果吃了
会拉肚子。”全班女同学全都羞愧地埋下了头
只有男同学抬着头幸灾乐祸地嘻嘻笑着
仿佛终于报了平时多被女同学取笑的一箭之仇

家　乡

家乡虽近，五分钟车程
至少十几年没真正回去
国道上开车经过村口
爷爷奶奶在山上望着我
父亲母亲在村里念着我

村里人也很久不见
有时在街上遇见几个
知道他们还活着，老了头白了
彼此还能辨认出对方
有时在南岸山公墓墓碑上
也遇见几个，知道他们已死了
只是不知道他们
早已化为泥土的喉咙
有没有在地底下
喊出我的名字……

清　明

城西隧道正在施工
万岙堂后山道路凌乱
面目全非，我找不到
爷爷奶奶的坟
在一片残破的坟地间
我在墓碑上辨认出
一个个有些熟悉的名字
过去我曾在村前的田间
喊它们正在锄地、插秧
耘田、除虫、割稻子的主人
“阿公、阿婆、阿伯、阿妈
阿叔、阿婶、阿丈、阿姨
阿哥抑或是阿姊”
对着残破的坟碑
和长满青苔的时光
清明这天我还要再喊一次
“阿公，看见我爷爷了吗？”
“阿婆，我奶奶去哪了？”

给侯山河画《诗人卢小宇的童年旧居》的建议

画面要容纳更多的东西
鞋匠爷爷提着做好的布鞋子
在运河边摆开来晾晒
奶奶坐在店门口的竹椅上
吹夏天的凉风　晒冬天的暖阳
妈妈扎着两条古老的辫子
那时候她还年轻不到四十岁
卢小宇也就是我在河边捡瓦片
打水漂腰弯得太低掉落两根鼻涕
哥哥跑过来说：中药熬好了
妈妈喊你去吃药，别被风吹
一个中年男人提着旅行袋
出现在小路的开始处
风尘仆仆的样子让我感到陌生
差点认不出那是我八十年代的父亲
刚从东北跑供销回到村口
旅行袋里装的是零下三十摄氏度的订单
和乐清电器行业的星星之火

前景应该是一棵大榕树
从地里收获回来的邻居挑着畚箕走过树荫
畚箕里的韭菜、大蒜、葱、萝卜和青菜
都是我童年的小伙伴。整个下午和黄昏
家家户户围坐在门前给它们梳妆打扮
轮流在河埠头清洗。一艘艘机动船开过
泛起的浪花打湿了他们已经卷得很高的裤腿
轮船里的柳市人、翁垟人和乐清城里人
不知道有没有注意到他们第二天的餐桌上的
青菜萝卜和韭菜大蒜葱此刻在运河里初相遇
但他们一定不知道，晨光里卖菜的万岙堂人
他们的皮肤和泥土的颜色越来越接近
他们的脊背在一夜之间和大地和祖辈
深埋在地里的骸骨又贴近了几分

侯山河兄说要给这幅画取名：《诗人卢小宇
的童年旧居》。其实我想告诉他，我一直
没有离开万岙堂。这个万岙堂人眼里的

顽皮少年，一直还在乐琯运河边捡瓦片
打水漂，夏天跳进河里游泳，到对岸偷西瓜
后来，小伙伴们一个接一个离开了万岙堂
有的嫁给了远方，有的埋进了生活
有的从榕树上跳进河水里，浮上来
已经是三十年以后

叶蕾蕾

叶蕾蕾是我的微信好友
在号称浙江第一村的南岸
干着妇女工作，经常看到
她在朋友圈里大声嚷着
孕检啦，村里开会啦
更多的时候她在大声叫卖
水果啦，肉饼啦以及妇女用品啦
这时候她就是一个微商

就几个月时间
南岸村就因城中村改造被拆掉了
几千户的南岸村民一哄而散
不见了踪影，只有叶蕾蕾
在朋友圈不停播放着
收集来的南岸村拆前拆后的照片

仿佛她正在一片片收集
被砸碎了的村庄的小碎片

期待着有一天能重新补好
就像小时候奶奶一边心疼得直叫唤
一边拾捡我们不小心打碎了的碗
等着补碗匠的叫声
从远至近

保安老郑

清晨七点多接到保安老郑打来告别的电话
他是我老家隔壁的石马村人，五十岁
来单位当保安一个多月了
保安公司给的月薪两千六，单位另付四百
让他兼职打扫卫生增加收入
几天前我根据同事的意见向物业公司要求换人
理由是经常脱岗到医院陪生病的小儿子
进不了工作角色，白天在传达室睡觉，卫生不打扫
我怀着歉意地问他接下来调到哪个单位
他说被保安公司辞掉了暂时回家
我赶去单位和他结算卫生费，拿出烟帮他点了一支
不敢问他接下来打算做什么工作
只是问了一句自己早已经知道答案的话
“石马村整村拆迁了，你家里还有农地可以种吗？”

一位老人在夏天清晨去世

一位老人在夏天的清晨去世
我站在他楼下的几盆花面前
四盆花我只叫得出含羞草的名字
伸出手指逗一逗它的脸庞一样
的叶子，叶子收拢，低垂
像是心情悲伤或是无助
我想起童年在万岙堂
一位小伙伴也是在夏天的清晨变成了
没妈的孩子，他坐在刹那间
热闹起来的老房子门口发呆
几个邻居围着他，无限同情地
摸摸他的头，捏一捏脸蛋
他眉头紧锁然后低下了头
突然大声地哭了出来

记忆突然有了骨头

旧木门之外阳光灿烂慷慨
拥抱着万岙堂的石板路和破房子
门内，家家有本难念的经
像从炊烟和门缝挤出来的饭菜香
当我领悟了这个道理
我瘫痪在地的记忆突然有了骨头
像一个人一样站立起来

一分为二的万岙堂

万岙堂一分为二
一半在人间
一半在山上
道路拥挤
找不到一个停车位
坟墓重重叠叠
一不小心
就踩疼一个死者
伸出来的脚
生也拥挤
死也拥挤
生和死的距离
无非是山脚
到山腰的那条小路
弥漫着炊烟和浓雾

变成城中村的万岙堂

被鲨鱼群一样的高楼
突然地袭击，撕碎
吞噬。又一个村庄
消失在大地上
仓皇搬离村庄的人们
有没有带上
一小块万岙堂的碎片
就像那些失去了家园的
那些流亡路上神色凝重的
那些至死都想回去的人一样
怀里珍藏着一小块故土
因为他们相信
病入膏肓的时候
这是最后的止痛药片

会梦游的万岙堂人

万岙堂整村拆迁后
成了又一个高级住宅区
住着这个城市的新精英
夜里他们总是听见
钥匙开门声和叫门声
喊爹娘的，喊老伴的
喊儿喊女的，喊声呜咽
像是风和大地的哭声
吓得精英们夜夜噩梦
片区民警调出监控一看
全是老万岙堂村民
抓过来一审
发现他们都有梦游的毛病

万岙堂的鱼没有一条游出正大城

正大广场倒映在乐瑄运河里
仿佛水底还有个时尚的商业综合体
和高级住宅区，万岙堂的鱼
在霓虹灯和女人的包里游进游出
仿佛它们也在逛商场
这些乡下的鱼，模仿城市生活的鱼
种辣椒的变成水煮鱼，腌咸菜的
被煮成酸菜鱼，而游得最慢的
被拐卖，成了出卖肉体的烤鲫鱼
万岙堂的可怜的鱼
没有一条活着游出正大广场

放学后的游戏

三十年后，我们再玩一次放学后的游戏
不用剪刀石头布或者点兵点将
死了的分一组，活着的另一组
老师做裁判，一个还活着，一个也死了
活着的同学人到中年，腰肌劳损，腿脚不如少年
死了的依旧年轻，脚步无声，躲起来没有影子
他们躲进了扔在河埠头上的旧书包里
装作是一道做错的题，装作是一支铅笔头
只剩下他们的破拖鞋东一只、西一只
只剩下他们的名字挂在黄昏的竹竿上晃晃荡荡
只剩下悲伤的妈妈哭喊的声音抖落无数灰尘
只剩下他们突然无声无息地出现在我身后
喊一声：小宇，不许动！

田　野

那时候田里有水稻、荷藕、荸荠
我们插秧、割稻、摘莲子、捡荸荠
田埂上野草茂盛，棉菜花开在二月
田沟里鳝鱼和泥鳅网上来时
春天正吻上夏天，我们在秋收后的
田地里跑过来跑过去，像一个孩子
不对，我们就是光着脚丫的孩子

那时候万岙堂的田里还没有国道
和高速公路，也没有轻轨 S2 线
那时候我们作文里写到在田野里跑来跑去
“和季节在田野里捉迷藏，春天躲到稻谷里
夏天藏到了泥鳅洞里；秋天无处可躲，被
一群小孩子追得在光秃秃的田野里奔跑”
老师夸我想象力丰富，可我无论如何
也想象不出三十多年后，田埂上不长草
田沟里也没有泥鳅和黄鳝
一个中年人开车在高速路和国道上跑来跑去

想找到那个在万岙堂春耕田野里打着火把

夹鳝鱼的孩子

在宝鑫菜市场

门口那个卖水果的中年男子
说话是南岸口音，一问果然
我们突然变得热情起来
在一堆凤梨丑橘苹果梨子前
我们仿佛他乡遇故知
说起故乡的往事点点滴滴
我说我爷爷在万岙堂做鞋子
在门前乐琯运河的轮船埠头
你可能穿过他做的鞋子
我这么说，似乎乐琯运河
还活着，还有轮船开往琯头
开往柳市、翁垟和黄华
似乎我嗜酒的爷爷也还活着
还在万岙堂做喝醉了的鞋子
把最怜爱的小女儿嫁到了南岸
他说他的房子就在我姑姑的
后门，只隔了两户人家，在南岸
他这么说的时候，仿佛

南岸村还没被夷为平地
也还活着

回到万岙堂

一

夜回万岙堂
黑漆漆的路上
遇见一旧识
我们握手
我斜着眼睛观察地上
有没有他的影子
然后用指甲
用力掐他的手
看他会不会
疼得跳起来
对不起
离开那么多年
我真分不清
谁还活在万岙堂
谁已经死了好多年
埋在对面南岸山上

只在夜里
悄悄回到万岙堂

二

一说回万岙堂
心里就紧张
怕遇见尼姑庵里
看着我长大的师太
几十年没见了
我的印象停留在童年
她为我们捧出花生
红枣、橘子和她的慈祥
前几年她病重
向前去探望的母亲
询问我的近况
我暗下决心去见见她

却一直没有付诸行动
现在一回万岙堂就紧张
虽然我知道再也不会遇见
在临终时表示想见我的
无儿无女的老师太

村里开会

“都别吵！你想拆，你不想拆，
你家房子都不是你自己说了算。”
我用力把桌子一拍，主席台上，
一次性纸杯倒在桌上，茶水滴落，
像是下雨天的老屋屋檐。烟雾弥漫，
声音嘈杂的会场上顿时只剩下
扩音器尖锐刺耳的叫声，正吵得
不可开交的村民代表像被扇了一耳光，
张着嘴面无表情地看向我。
随即，坐在左边的林老太、
陈三公、张五爷、李四叔……
全都哭了起来，他们死去多年，
哭起来没有眼泪，眼睛望着地；
过了一会儿，坐在右边的活人，
也都哭起来，声音响亮，眼睛望向天，
眼泪簌簌往下滴，也像是下雨天，
老屋雨水汇流的屋檐。

万岙堂站

轻轨 S2 线万岙堂站和万岙堂码头
隔着一小段运河两两相望
像暮晚的祖父与晨光里的小孙子
像老年痴呆的奶奶
突然神志清醒地对我说：“祝贺你，
大学毕业了有了一份好工作。”
这一天我内心热闹非凡，人声鼎沸
多么像 2023 年 8 月底的轻轨 S2 线
万岙堂站，这一天祖父祖母风烛残年
被时光废弃的码头再没有船开来
多么像这些年的乐琯运河和万岙堂码头

万岙堂消失了

我穿了条内裤，我穿了条棉毛裤
我穿了条绒裤我也穿了条外裤
我走过万岙堂，我走过南岸、石马
我走过县浦我走过水深、马车河
我走过盛家垟和南大街
万岙堂不见了，南岸、石马不见了
县浦没了，水深、马车河也没了
盛家垟早已经没了。我站在南门桥上
我找不到回家的路了我好害怕
我害怕外裤没了，绒裤没了
棉毛裤没了，内裤也没了
没有了故乡的人和没有了裤子
是不是会一样地惶恐和无助

挽　歌

说没就没了的村庄
说散就散了的父老乡亲
推土机在夜晚静下来
月亮爬上了新楼盘的脚手架
大家都高高兴兴的

车在宽阔的城市道路上奔驰
我跟车后座上的女儿说
这里曾经有个村庄叫南岸
那边曾经有个村庄叫石马
东山南、南草垟和马车河

女儿听着车载音乐转头望着窗外
她的眼睛里霓虹闪烁楼群密集
她的书包鼓鼓的
像是装着个在城里走失的月亮

小城民谣

第二辑

哲学问题

四岁的侄女见到我
蹦蹦跳跳地跑到跟前来
辨认了一会儿然后说
“你是我奶奶生的！”
又蹦蹦跳跳跑走了
仿佛当头棒喝，让我顿悟
两个困扰多年的哲学问题
我是谁以及我从哪里来

他将是最后的乡下人（组诗）

蚂蚁搬走了他大部分欢乐的时光

七十年代尾巴尖上一棵笨拙的狗尾巴草
他所有的日子都是毛茸茸的春天
蚂蚁搬走了他大部分欢乐的时光
蚂蚁蚂蚁，累得气喘吁吁的蚂蚁
嘴里总叫着“减肥——减肥——”

成长的过程就是减肥的全疗程
有一天　一只蚂蚁忍不住叫出声
“天哪，他居然越来越重”
另外的回答道：“他被我们搬走的
时光开始拥有骨骼和金属的质地”

他曾是屁股先于脑袋抵达世界的孩子

他似乎出生在一张黑白照片中
回忆的长镜头里　看见

1979 年的风景已年久失修
一个孩子屁股先于脑袋抵达世界
注定了他这一辈子　对生活的
反应总是比别人慢半拍
呵　生活多么繁荣　找到安慰的
道路千千万万条
他却只能抓住比他更缓慢的诗歌

屁股先于脑袋抵达世界的孩子
更适应用下半身生活和写作
他却吃力不讨好地用大脑去思考
呵，时代多么开放
获得幸福的道路千千万万条
他却连诗歌也没能写好

他将是最后的乡下人

当最后的两亩水稻田被成功地竞拍

他就成了最后的乡下人
在纸上，播种　插秧　耘田　除虫
割稻　打谷　晒谷　碾米
上山砍柴、下河淘米、火柴点燃了
所有丢失的日子　饭熟的时候
死去的亲人统统回家来
挤满了一整张八仙桌，连桌角
也摆上了小方凳，上面坐着
兴奋异常的鬼，泪流满面的鬼

他一直生活在小地方

他一直生活在小地方，忧伤却来自大时代
一只蚂蚁同样被雾霾逼迫得写下绝望的日记
他的咳嗽，他的咳嗽，凄凉得如同晚年贾宝玉
透明的木鱼声

现在决斗开始，他积蓄力量，转身的瞬间
却发现没有任何对手
只有公元 2013 年 12 月 11 日
雾霾笼罩的杭州城

小城生活

不同于所有心怀全人类
到处朗诵的诗人，我只守着小城
在阳光下打磨时光，譬如这个上午

孩子们在山坡上玩着游戏
她们的妈妈在聊天，我在拍照
另一位爸爸在家准备
两家人共同的午餐
阳光也打磨着他，越来越明亮

住在十九层的城市鸟人

把翅膀脱下，洗衣机里洗干净
肩膀上的青天蔚蓝而纯净
门关上的时候
电梯口的清风正要和我们道别

而楼梯越来越沉默地数着冰冷的肋骨
有时候不可避免地同电梯相遇
在每一层的转弯处
是紧紧相拥、一如失散多年的兄弟
还是各走各的路

家

厨房的墙壁瓷砖上
跳动着火焰的影像
从冰箱里拿出羊肉
两天前买的大蒜
叶子还很绿
一瓶孜然粉
可能过了保质期
盐，油，酱油
和几勺老酒
都不必问产地
撒上一点白糖
让咸不那么偏执

一碗鲜炒羊肉粉干
端上桌子
屋里开始冒出香气
死去的亲人回到家
他们低声讨论着

我变老了变胖了

我假装听不见

低头认真吃着

这一碗热腾腾的汤粉干

晚年（一）

晚年我坐在路边卖自己种的菜
晨光从菜叶子上的虫孔钻进
出来变成暮色和人间的灯火
我静静看着这些萎卷的蔬菜
像是看着自己水分渐尽的一生
我曾满怀希望地站在田间
看菜一天比一天长得更好
现在我仍然怀着希望坐在路边
感到自己老得一天比一天安详

父　亲

父亲，风从春天吹向秋
从你吹向我，白天和黑夜
在你我之间反复变了冷暖
我们都沉默无语，生活的
艰难需要慢慢地咀嚼
你知道，我也慢慢地知道

一直想为你写首诗
自从十年前你坐了牢[1]
这是儿子我唯一的擅长
可是两个男人的关系
是不能用以抒情的
所以这首诗歌
我写了十年还是没完成

---

1. 父亲于1999年因为生意上的纠纷被诬告而羁押7个月，后无罪释放。

十年前你五十岁，一个人
在遥远的哈尔滨
为全家的生计坐了牢
而我二十岁的青春
正在大学校园里
写风花雪月的抒情诗
对你突然的牢狱之灾
我却写不出一个
有力的句子

今年你已经六十岁
前些天还领了老人证
而我也满三十岁
早过了抒情的年龄
这样更好，我把写给你
的抒情诗直接写成
一首叙事的诗
讲一讲我对你的心里话

和年迈的父亲伫立在即将拆迁的老屋前

和年迈的父亲伫立在即将拆迁的老屋前
谈论正在消失的村庄和我们剩余相处的时光
暮春的黄昏站在我们的身旁静静听我们说话

我们说起父亲一生承受的辛劳和痛苦
正在以另一种方式教我扛起生活的重量
我宽慰父亲：地狱天堂皆在人间，我今天
经历的，也许是每个灵魂必经的炼狱

暮色中父亲点点头表示认可，不远处的田野里
油菜花还像许多年前一样开得灿烂
那时候我还小，父亲正年轻，母亲也像今天一样
从厨房走出来喊我们吃晚饭

母亲节（一）

2015 年母亲节那天
母亲这辈子第一次
住进了医院
她感到很不好意思
不停地向我们解释
只是小毛病，是医生
一定要她住进来

心脏血管堵塞
还有高血压
我终于抓住机会
把母亲教育了一通
这一次她没有反驳
并且保证以后不再吃
剩了好几天的饭与菜
她承认错误的态度
很诚恳，好像
她真的犯了错一样

计时器

八月的清晨，布谷鸟在窗外总要叫上一阵子
像是闹钟准时喊人起床，其实我早醒了
觉得这长得像白鸽的鸟实在太吵了
像我七十多岁的老娘一样，早上六点多
给我打电话，我恼怒地摁掉，随即回拨
我知道她应该是为我的事担心焦虑了一夜

她是个可怜可悲的人，没读过书
我小时候不爱读书，连名字都不会写的女人
却觉得她的小儿子有机会应该好好读书
现在好了，她省吃俭用地培养了一个反对者
和她有着春天与秋天的距离般的三观差

小时候的一天，她去小溪里洗衣服
我在玩水，布谷鸟的叫声从山间传来
妈妈说布谷鸟叫的是“咕咕苦，咕咕苦”
它的脖子上那一条带状的花纹是不幸的佐证
一整个下午我感到悲伤，就像想到
有一天母亲也会离我而去一样

死后的吵架

当我死了，你也死了
我们俩并排躺在
一座坟墓的两个穴里
我们还会不会吵架
隔着黑夜和腐烂的时光
我们一望无际的吵架
几乎寂静无声

需要把你的左耳
我的右耳紧紧贴在
把我们分隔的墓壁上
才能听到彼此的怨恨
天荒地老、海枯石烂了以后
我们的耳朵就粘在了墓壁上
撕也撕不下

女儿（一）

女儿在襁褓里睡觉
我在书房听周云蓬
一个写诗的盲歌手唱海子的《九月》
“远在远方的风比远方更远
我的琴声呜咽　我的泪水全无[1]”
女儿的哭声比诗人的歌声更响亮

我急忙跑到床前抱起她
作为回报，她在我身上撒了
一泡长长的尿，湿湿暖暖的
仿佛诗人远在远方的眼泪
打湿了我柴米油盐的夜晚

---

1. 此为唱词，海子原诗为：“我的琴声呜咽 泪水全无”。

女儿（二）

她会成长为一名少女，聪明美丽
为爱的初啼而欣喜兴奋
把娇羞的心情写在粉红的博客上
设置了密码，连月光也照不进去
为爱情的消逝而充满忧愁
把悲伤的心事也写在博客上，换了颜色
上了锁，连阳光也照不进去
而我是她爱莫能助的父亲
默默祝愿女儿在爱情的围困中
成功突围

她也会成为妈妈，带着她自己的孩子
来看望我。她会很认真地跟我说
爸爸，我把您一辈子写的诗编辑成册
印刷了两本，一本我留在家里时时诵读
也让我的孩子能够时时去诵读，另一本
我现在就划燃火柴烧给您

一分为二的孩子

孩子一分为二
爸爸妈妈各一半
有时候她让妈妈
感到很骄傲
有时候又被骂得
浑身颤抖
我总觉得
她骂的是孩子身上
我的那一半
而让她骄傲的是
她自己的那一半
想得更远一些
是她认真学习的童年
在鄙视咒骂我
调皮捣蛋的少年时光

摇　滚

驱车几十公里去楠溪江
星巢音乐节，我想起
四岁那年父亲带我去邻村
看露天电影《少林寺》
人群拥挤，年轻的父亲
把我扛在肩膀上，踮着脚
让我穿过人墙的头顶
看清楚记忆里模糊了的画面
我就对身旁十二岁的女儿说
“来，你到我肩膀上来坐着看。”
女儿不屑地瞟了我一眼
从楠溪滩上松林里来的风
把她瘦小的身体吹得摇摇晃晃的
她似乎挣扎着吐出一个字：滚

两代人

十岁的女儿爱听周深
四十岁的父亲爱听李宗盛
后来周深翻唱了老李的一首歌
女儿坐父亲的车上下学的时候
车上就单曲循环《漂洋过海来看你》

邻　居

今天我看到一辆吉普车，普普通通的
吉普车，满大街都是的吉普车，“指南者”
或者是“自由客”，我没有看清楚
它就从我眼前疾驰过去，我只看清
它是一辆吉普车，它的身上满是泥巴

我想起我的邻居曾经也有一辆“指南者”
每天都停在我们那幢大楼的下面
好多年了，他开着上班下班
有时我们在电梯里碰到会聊几句
聊他的吉普车和小区糟糕的物业
以及我们身处其中它却随时
准备罢工的电梯

我看到这辆再普通不过的吉普车
突然意识到很久没在楼下
见到过邻居家的那辆吉普车
也很久没在电梯里遇见他了

他应该搬走了吧，和楼里
那些好久没再遇到的邻居一样

在丹霞农贸市场

今天我不看天上的月亮
我捡地上的垃圾。整个上午
在海鲜和蔬菜之间走过来走过去
提醒人们戴上口罩，别吸烟
那些来买菜自己做饭的人
都在认真生活，那些凌晨起床
卖鱼的，卖菜的，卖杂货的
挥着砍刀剁肉的更是
他们低下身子夹菜吃饭的时候
我们正俯身捡起自己血管里的垃圾

乡　情

有一个海鲜摊的小贩夫妇
五十多岁，脸上都是皱纹
他们身上有我熟悉的村庄的味道

我问他们摊上那些在盆子里游动
的虾蛄够不够肥
在得到非常肯定的答复后
我挑了几只上好秤付了钱
提上尼龙袋转身要走的时候
我顺便问了一句他们
是不是来自万岙堂

在确认了我们曾经是同乡以后
也没有多少的话好说
我提着我买的虾蛄离开他们的摊位
听到那个女的在身后大声叫
“那个虾蛄其实还没到最壮的时节
你在煮的时候不要烧太久。”

在银行

一年总少不了几次
找她办银行业务
一如十几年前
我下课骑着单车回家
正在读高中的她
一年总少不了有几次
跳上我的车后座
搭上一小段再跳下去
那时候阳光也蹦蹦跳跳的
如果说这就是青春啊
生命在流逝啊没什么意思
我想说的是，因为我是老师
每次去办业务她的态度
都挺好的，尽管我一会儿
丢了公章，一会儿丢了法人章
每次丢了什么的时候
我们都哈哈哈哈地笑一阵
这时候银行门外的阳光
也跟着哈哈哈哈地笑一阵

一个在微信里跑步的人

一个人每天早晨在微信里跑步
他的汗水溅湿了我的朋友圈
他击打时间的脚步举报了失眠者
假冒伪劣的睡眠

我在睡梦中跟着他跑了三圈
跟他跑回家喝了两杯意式浓缩
聊了会儿诗歌、散文、拍照
和还没被阳光推醒的老巷子
而贝多芬从音响中爬出来
他呼唤命运，但命运
假装和他本人一样听不见
只有书架上那些大师宠爱的
灰尘被一一唤醒

这时，窗外青浦巷的女人才做完
昨夜的最后一笔生意
靠一辆无牌三轮车养家的男人

就踩哭了今晨的第一缕阳光

我告辞，下楼，转身正掩门
看见一个女人在二楼阳台上
打着隔夜的呵欠
一个人在朋友圈跑步的图片上
阳光一如既往地照着街道

同学会（一）

在时间的河流里，同学会和诗歌是一个个岛屿

——题记

可能是种巧合，同学会在一个岛上开
全班五十个人没有全到齐，到了的人
相互嘲笑对方走了样的身材，以至于
拍集体照的时候，三十五个人就挤满了
毕业时五十人才挤满的取景器
瓯江流水也被我们吵吵闹闹地挤到了一边

这些年混得不错的同学屡屡跟别人碰杯
话明显变多了，声音也响了，那些默默喝酒的
不用说也知道这几年没混好

只有同寝室的老幺，他从大学开始一直混得不咋地
这些年除了脸上多了些肉，腰里积攒了些脂肪
他和我一样一事无成，两手空空
但一点儿也不影响他大口喝酒，大声吆喝
把酒杯轮流和大家碰得叮当响

毕业六年

毕业六年，一些人已不知去向，音信全无
一些人还时不时聚在一起，喝酒、说笑
从中午直到黄昏最后一班车也要开回
他们来的方向的时候

一些人肚子大了又变得平平如初
一些人的肚子一次比一次大，一副不知悔改的样子
让另一些人总是找到取笑的材料

一些人忙着教书、相亲、买房子、娶老婆
另一些人也忙着教书、相亲、买房子、娶老婆

十九位男生中最后一位理想主义者陈宜
终于确信自己已经飞不起来了
在 2007 年 5 月 26 日请我们喝了他的订婚酒
没有人会在意　一个理想在风中盘旋了多年
最后像一根羽毛一样轻轻落地时的痛苦
自然也没有人注意到陈宜那天戴了

一条比手指还粗的金项链

我们在感叹，毕业六年，大家都结婚了
往后见面的机会会越来越少，什么时候还会
大张旗鼓地坐在一起喝酒、说笑，从中午直到
黄昏最后一班车也要开回我们来的方向的时候

最后，我们决定以后谁要是离婚了
我们也一定要丢下手中的工作前去祝贺
喝酒、说笑，从中午一直到黄昏
连最后一班车也不知去向

两个人的同学会

在炉火旁打盹，偶尔会想起
很多年前的中学生活　你是否
会给我寄来红色的同学会邀请卡
开一场只剩我们两个人的同学会

许多年以后，同学们相继死掉
只剩下白发苍苍的你，睡思昏沉
和老态龙钟的我
开一场两个人的同学会

世界太过于热闹
已经没有适合的地点　除了星期天下午
的墓地，我们把那些墓碑上
被青苔覆盖的名字
一一叫喊，那些字眼笔画间扬起了灰
那些声母和韵母间自动脱落了牙
那些被人放入档案不再使用
而被我们重新叫喊的名字

再没人从满地堆积的落叶下
从墓碑后面探出个头来
大声回答：“d——ào——dào！”
墓地里突然爆发出一阵清脆的笑声
仿佛当年的教室，抽屉里钻出
一个调皮的脑袋

母亲节（二）

手机屏幕亮出“663”
七十多岁的老母亲来电
我有点不耐烦地摁掉
她没受过什么文化教育
活得笨拙，使用智能手机
不时碰出来拨给我
接起电话却发现跟别人
在说话，她性格直率
说话嗓门大，我在电话里
都能听得清她和别人的聊天
她经常劝告我要怎样怎样
用她来自左邻右舍的三观
有时她会拿出一条很土的毛巾
说是佛堂里供奉过的
可以保平安，这一切都是我
经常撑她的理由，她总是笑笑
或者沉默，继续当我的妈
三十年前是她把我送进城读书

把我培养成了一个有能力批判
她的愚昧的人，我反对她的落后
她不关心俄罗斯和乌克兰以及铁链女
她也不知道上海的种种糟心事
这让我觉得跟她没什么好说的
只是后来从朋友圈发现当天是母亲节
很羞愧地把电话拨了回去

日记（一）

送女儿上学后，离上班时间还有些早
去工作室喝杯咖啡，整理一下院子里的植物
葡萄、猕猴桃和百香果，以及新种下的月季
玫瑰和蔷薇，不出意外它们全都会开出紫色的花朵
在初夏挂满露水的清晨。现在我需要
把葡萄藤下的桌椅摆整齐，好像马上有人造访
我们坐在葡萄架子下喝我亲手做的咖啡
头顶上，葡萄和百香果正把南方的天气酿进果实
一只不懂事的鸟在不久前到访
它在我的椅子上拉了泡调皮的屎留下了证据
黑咖啡在春天的桌子上冒着热气，蔷薇藤吐出新芽
把撒落在地上的沙土和落叶扫拢
用双手捧起它们放入花坛，一点都不落下
像是把某位故去的亲人的骨灰捧进陶瓷的瓮

大　雪

女儿起床越来越困难
她把恐惧遗忘在夜里
睡意装满书包
跟随我出门去上学
她小小的身子
本能地对抗着寒冷
像一粒僵化的词语
背着太多的重量
“今天是大雪”　我嘀咕
“哪里有雪？”
她眼神里忽然泛起光
又看看我：你骗人！
要是真有雪就好了
我只见过两次雪
有一次还是很小的雪
等拖堂的老师下了课
雪已经停了
她的眼神忽明忽暗

早高峰的路很堵
她又要迟到
大雪日。阳光照在车身上
像黄油涂在面包上
我索性把车子开得再慢些
一路上想象着面包的香味

南大街（二）

如今我走在南大街上看见熟悉的街景
确定这条街上已没有我想买的衣服
也没有我想吃的东西
阿余牛肉面、青年冷饮店或者路边各种各样的小吃
它们曾无数次勾引我的口水背叛我的面子
如今我们多么像老头老太睡在一张床上而相安无事

从街的这头走到那头，遇见的熟人也越来越少
直到最后我确定这世上没有我可回忆的人
没有我想去看望的人了。也许是最后一次
最后一次走在南大街上饭后散步顺便想想死掉的亲人
死掉的朋友和同学，他们也曾和我一样
在南大街上逛来逛去，买衣服、吃东西
或者无所事事，遇见时远远地打上一个招呼
然后消失在人群中，成为南大街的一个过客

我的草木生活

一

写诗的何乜
和画画也写字的侯山河
到访我的工作室“十颗汗水”
那时正值八月，阳光凶恶
我们躲在百香果树荫里
聊诗歌和画
我懒得去泡茶
跳起来摘了三个百香果
分给他们一人一个
自己也留了一个
放入嘴里用牙齿咬破果壁
用力吮吸着
示范给他们看
该如何吃这陌生的水果
像是给他们引见
一位来自南方的诗友

二

我把早餐吃剩的一个鸡蛋
一直揣在口袋里
从上海南京东路的一家酒店
带到乐清南大街的一座商务楼
把已经扁了的鸡蛋再敲碎
埋在露台花坛的泥土里
左边是一棵百香果树
右边是一棵正开花的葡萄藤

三

从厨房地上捡起几棵青菜
用水冲洗下便扔进
沸腾的水里，撒点盐
这就是我的一顿午餐

这些青菜和我一样
来自万岙堂同一个女人
的手。她把我们种在
泥土里，不施肥，不打药
生长得很慢还长得难看
叶子和脸上都是
被虫吃过的小孔和倔强

日记（二）

一年之中最好的日子
阳光把思想和泥土晒得如此甘甜
所有在黑夜里的孤独
与颈椎疼痛，在丰满的太阳下
晒一晒，施特劳斯的交响诗
就会跑进居所的自来水管
而一只天鹅会尾随着一个女人
上班，下班，给孩子辅导作业
继而在工作台的灯光里游弋

应该把阳光里的身体翻过来
让所有崇尚美和善良的人们的内心
曝露于身体的外面
接受秋天温柔的抚爱和馈赠
这时候，黄昏的大地变得沉寂
只有音乐和诗在窃窃私语

生活即景

用集赞的方式弄到一张电影票
看电影的语法状语后置
卖票的姑娘在手机上玩自拍
然后涂掉脸上的雀斑
转身变作一部庸俗片的女一号
每天对着镜子想象着被坏蛋惦记
她被风掀起的超短裙

从手机屏幕通往另一部
电影里的黄昏
道路两旁栽下两行陌生化的
世俗生活，我在道路中间光着脚
歌唱这被温暖包围的贪小便宜的剧情

邀请函

我准备好了一桌久别重逢的酒菜
你们沿着春天的高速公路来赴约吧
烟花三月下乐清，我在乐清的路口
等了你们足足二十年

第一个十年你们没来
第二个十年你们还没来
烟花易冷，岁月忽无踪
我在乐清的路口悄悄地老去
你们各自换下 QQ 账号上
青春的头像，放上儿女的照片

你们都来吧，都来吧
从 1995 年的那些停电的夜晚过来吧
把人手一盏的应急灯关了过来吧
把没做完的作业、被考试坏了的心情
日记本里发芽的秘密都先放一放过来吧

都到二十年后的 2015 年的春天来
我在 3 月 29 日中午乐清成林海鲜楼
准备了一桌托物抒情的酒菜
酒已酿好，诗歌正在写
只是我没把握我们能否一眼认出对方
隔了二十年体形走样的时光

第三辑

别处的蓝调

青春的液体粘住了蟑螂无辜的翅膀

我保留着一把锈迹深沉的钥匙
试图再打开一扇日渐疏远的木门
兄弟们在门内喝了太多的酒
许多年后还不愿意清醒
把头摇晃着，把嘴紧紧闭住
生怕自己一张嘴，住在心里的名字
就会跑出来，生下一个小名字

冷空气和期末考试从门缝挤进来
赤裸裸的肉体和情诗都着凉了发高烧
青春的液体粘住了蟑螂无辜的翅膀
温州师范学院学生宿舍 2 幢 205 室
学院中路上一个长满青春痘的地址

日记（三）

今夜我在七里港，想念被窝
想念一个开着暖空调的房间
有我的热茶杯和手机充电器
今夜我模仿海子
写下一年之中最冷最疼的夜色

七里港也是德令哈。冷链车也是麦地
冰雨中，枯草和解不出奥数题的孩子
都还在认真生长。收费站还陪着
黑眼圈的高速公路熬夜和恋爱
我打开一辆又一辆冷链车厢的门
更像是扒下了自己的一层层底裤

遥送小骆赴西藏支教

春天我继续去健身房上私教课
开始练肌肉，上力量
暑假的时候去拉萨找你
一大早爬到布达拉宫屋顶上
继续教我打羽毛球
夜里找家小酒馆喝青稞酒
其他的都不用说，说多了
都是矫情
其实我越来越讨厌
那些舞文弄墨、文绉绉的人
相信粗犷的西藏是个好地方
不管人世间有多么扯淡
在高原待上几年有个好心脏
才是一件正经事

在蓝月谷

在蓝月谷，女儿在拍一只小马
妈妈在拍女儿拍小马
小马呢，小马在一边吃草
一边旁若无人地拉屎

在洞头白迭村

这一夜我睡在花筑民宿
一座石头垒成的屋子里
窗前溪里的蛙鸣声
近在枕边
睡梦中我总是以为自己
还睡在子宫里
听着母亲扑通扑通的心跳

在霞关

燕子在屋檐下筑巢，在南方的渔港
最靠近大海的那一排房子
去年的台风是母燕子成为母燕子的记忆
比天气预报更早，小燕子开始计算着
今年一个接一个的台风汹涌的脚步
它们张大的嘴巴，背诵命运的设计图
和光合作用的原材料

希拉穆仁草原

希拉穆仁草原，落日上火
黄昏仿佛伤了风，天气寒冷
牛羊和草全都发着低低的烧
需要夜晚熬出一碗浓浓的中药

星空像一条新做的蚕丝被
盖住一家人的宁静与幸福
他们来自南方海边的村庄
平静的身体内潜伏着
大海的波涛以及台风的坏脾气

这个夜晚，他们惊喜地发现
那些以为丢失了的听妈妈
讲故事的旧时光
那些兄弟姐妹围坐一起看见对方
眼里闪烁着星星的远去的童年
其实只是去了遥远的希拉穆仁草原

这一天

坐飞机，坐大巴，花几千元辗转一天
到达一个千篇一律贴了几个好词句的风景区
听几个幼稚、粗糙、陈词滥调的故事
编故事的人如果是我的写作小学生
我会撕掉作文稿纸命令他重写
可这是日新月异的祖国，营养过剩的
人民群众需要这样的诗和远方
我活在这人间，假装兴致勃勃地
拍几张吃饱了撑着的旅行照
然后打发掉无聊生命中最不无聊
的一天。那么多人陪你一起玩
祖国的 5A 级景区在远方迎接你
我上完一趟厕所后回来继续躺在
景区油漆一新的靠椅上上网购物

暮　年

七十岁以后，我将在家乡山上找一块
向南的坡地，不下雨的日子
我都会扛着一把铁锹上山挖土
一个土坑在我年迈的诗句里
一天比一天更完整
直到有一天，我再也挥不动铁锹
我就在土坑里闭上疲惫的双眼
好心人，如果你恰好经过
不必惊慌地打 110 报警
请你平静地给土坑填上土再种上一棵树
然后若无其事地回家
那时候，家乡的山上鸟鸣依旧
风平静地从乐清湾吹来
吹动着几片树叶发出沙沙声
仿佛我在说：“谢谢你，好人！”

晚年（二）

晚年肯定会凄凉，吹了一辈子的牛
已经过了时。一个人吃牛肉，吃多了
又消化不好。像老杜甫一样一边写诗
一边接连几天都拉肚子。时代或繁荣
或风雨飘摇，我老了结果只有一种
孤独地死在没有人打扫的房间，僵硬了
的笑容里落满很厚的灰尘
或许还有另一种死的方法，老年步
行在街道上，从天而降的身体
砸中我，我死了而跳楼的年轻人
没有死从此开始认真生活
为了这个美好的设想
我要努力活着等幸运之神光顾

新昌“山中来信”民宿

无边游泳池正在结冰
明天早上去游泳
会不会从此六根清净
留在大佛寺念经，听狗吠
吃未晒干的番薯条
写忏悔录
为着荒唐的前半生

日记（四）

今夜，我血管里哗啦啦流淌着 98 号汽油
悲伤的街道寻找它星座的阴影，点火
能不能烧掉命运的抑郁症和疯疯癫癫
每一盏霓虹灯里住着一个坚硬的鬼魂
我在河流的往事里漂流，捞你梦的钥匙
打开月亮的秘密，阴晴圆缺的恋人
你的无奈无助让大海的波涛没有了方向

雨水淋湿失眠症的皮肤、抑郁症的血
有些光不是光，活着的幻觉
无边无际的黑夜和点点香烟红
孤独者拾捡地上的烟头像多年以后
不再悲伤的鬼魂收拾自己的骨片
却怎么也拼不完整

鹿西岛

女人们挂在窗口随风摇晃的胸罩
和太阳底下成排晾晒的咸鱼
都是海的旗帜，我能想象迎面而来的女人
乳房也有海的味道，咸鱼的味道

一个老太太在被台风
吓大吓老的屋檐下补着破渔网
走近了才听清楚她没有牙齿的嘴里
在不停念叨她的老头子出海迷路了
就再也没回来。几十年了
她补的渔网上面总是挂满了水珠
一些是她的眼泪，一些是大海的眼泪

上海世博会爱尔兰酒吧

女招待的笑容动听可口
她们黄昏的祖国倒映在酒杯里
仅仅用几十块人民币
就品尝到爱尔兰纯正的乡愁

那么多在不久后名动世界的艺术家
就在今夜的酒吧里卖唱
或者是落魄的诗人、画家
低头啜饮着越来越浓的夜色

只一杯啤酒，我就喝多了
呕吐的全都是叶芝的诗句
这个穿牛仔裤的中国酒鬼
血管里早已经埋伏着
金发碧眼的酒精和今晚

这话是贝克特跟乔伊斯说的
获奖的通知书刚离开斯德哥尔摩

还没抵达都柏林这个灯光昏暗
音乐明亮的小酒吧　而他们
离我一米的谈话在音乐中忽明忽暗
我仅仅听到了一两句　更多的
被波诺、卡百利、酋长[1]的歌声
连同窗外上海的月亮
装进了爱尔兰的啤酒瓶
剧烈地摇滚

1. 波诺是爱尔兰摇滚乐队U2的主唱，卡百利乐队是爱尔兰摇滚乐队，酋长乐队是爱尔兰演奏乐队。

泸沽湖

和女儿坐在黄昏的纳西姐妹餐厅点餐
餐厅的玻璃墙上集结着数不清的蜘蛛
穿过玻璃和透明的蛛网可以看见远处泸沽湖
渔船上撒开的网像是蛛网被放在了放大镜下

在双廊仰望星空

据说在大理双廊常春藤客栈
星星会把手从天上伸下来
捂住一些人的嘴巴
塞住一些人的鼻子
让他们不能大声说话和打呼噜

星星也会把手伸进一些人的梦境
当这些 A 货[1]深睡，呼吸平静
星星就领着他们穿越雾霾，报纸
高仿的城市和彼此的猜疑
注册属于自己的商标

我整夜醒着
等待星星把手指伸进我的房间
一下子跳起来抓住它的手
在黑夜里紧握一种光明不肯放

---

1. A 货是外贸行业对仿冒商品的统称。

直到东方发白
星星们纷纷潜入洱海
我就坐在岸边晒一天太阳发一天呆

立秋日

一

午后，厦门下了场很大的雨
电闪雷鸣，我坐在车上
一边和司机聊厦门吓人的房价
一边翻着朋友圈。连续好几年了
一到立秋，总有人会发“秋天
的第一杯奶茶”，又立秋了
厦门秋天的第一阵雨
有几滴落在了我身上，有几滴落在了
我的行李箱上

一整个上午，我待在宾馆里
喝了几杯茶，吃了碗四果汤
看了几眼微信和窗外厦门的街景
又打了几个电话，决定提前结束
一年一次机会的单位疗养
我走出网约车的时候，回头看了看

厦门的这一场大雨和雨水中
这座房价很高的岛屿城市

二

车要在福清中转，一座我一无所知的
沿海城市，在这里，我要停留半小时
毫无悬念，这会是平淡无趣的时光
我很快就会忘记，没有道理可讲
也没有什么意义，我只是急着回家
而在这座陌生的城市中转
看上去是最好的选项，但也许
我的看法是不对的
（半小时、一二小时后，剧情突变）
已到福清站，回家的车票突然被取消
下一班能到的车要在两小时后开来
我有点着急和沮丧，但很快就不生气了

“我跟一班动车有什么好生气的？
我跟不靠谱的购票网站又有什么好生气的？”
打车到福清市区描写这时光的细节
福耀玻璃、紫菜饼、番薯丸和海蛎粉
抽象的福清变得具体而生动
这个下午，回家的路变得一波三折
流水账的时间里因为长出了很多的褶皱
有了反转，有了延迟，也有了
水到渠成的意思，在立秋日的阳光和雨水里

福清站

厦门回乐清，最近的动车要在福清中转
第一次听说的福建沿海小城，被丘陵簇拥
我将在那里度过平淡无趣的半小时转车时光
车到福清，接到通知第二程车票被取消
只能买两小时后到福州南的车票
“先到福州再说吧，总会有办法到乐清”
两小时我可以到福清城里走一走
两小时我真的去福清城里走了一走
福耀玻璃的家乡，一只让我亏过不少钱的股票
我拖着行李穿过满街的肯德基、麦当劳
星巴克和古茗奶茶店，找到了摆在小巷口的
福清紫菜饼，我愿意嚼着这硬如木头的土饼
在一家小吃店里我点了一碗番薯丸和牡蛎粉
和年轻的但已是两个孩子父亲的老板
说着：福清，福清。老板说：去福清站
最方便最快捷的就是坐“摩的”，只用十块钱
我真的坐上一辆老旧的摩托车穿过阳光
和海边的荔枝、桂圆树林，风涌向山岙里的

福清站，动车延误十九分钟，我有足够的时间
坐在候车室里发呆，慢悠悠地排队检票
回几条微信，等我再抬头的时候：“天哪！”
我一声惊叫，眼睁睁地看着
我等了两小时的动车风驰电掣地开走，却把我
留在了福清站

在南昌船山路

在南昌船山路，美食一条街
我坐在街边想起一个人
烧烤店、龙虾馆和鱼头王
店招牌上的霓虹灯缝缝补补
补补缝缝一个城市破旧的夜色
我坐在街边左思右想那个人
哪年哪月哪种心情
我们坐在街边吃凉拌黄瓜
花生米和洋葱炒羊肉

王半山和王船山是同一个人
宋元明清煲成一锅骨头汤
有人往里面加醋
他尝到了时间的酸味
有人往里面倒了太多酱油
他把历史晒成了腊肉
挂在虚无的窗台上

同伴们买了切好的西瓜
和菠萝，坐在路边吃
当我想明白半个道理
西瓜被他们吃完了
菠萝也被他们吃完了
我转身，提着两瓶啤酒
眼前的夜色正好当下酒菜

湖　州

你们去丁莲芳吃晚饭
我去湖州第三人民医院
看一个写诗的朋友
“世界是一个大的精神病院
精神病院是个小世界”
一见面，他就吐出一句诗
我默默坐了半个小时
听他不断给我念新写的诗
我坐上出租车
他追出门口被医护人员
死死拦住
回头看见他沉默的身影
在夜色中渐渐融化

在行驶的车上阅读诗学文章

我在重庆开往武隆的大巴上
读臧棣的一篇诗学批评文
《诗歌政治的风车：或曰
“古老的敌意”》，批人的和被批的
北岛与林贤治都是我尊敬的
老师、前辈。我像一个孩子
被爸爸妈妈激烈的吵架声
震暗了时光的灯泡，十五瓦
车行驶平稳，车厢内光线明亮
文章像是拉上了窗帘
熟悉的词语变得模糊不清
后来车驶进了隧道，车厢
熄灭了疾驰的灯
我把眼睛从书上挪开，半闭着
词语又有了光的修辞
把车厢照得光亮如昼

在洞头大沙岙

二十三年后再到大沙岙
看着海上的船和岸边的树
我没有别的什么感叹
或者委屈，只是惊讶
那么多的人死于疾病
饥饿、食物中毒
以及别人的绝望或欲望
我居然还活得好好的

二十三年前的一张照片
年轻的肉体仿佛大海的琴键
海浪扑打过来
我们在心底奏出：1234567
青春未成曲调先有情
或者只是一二三四五六七
像一支头脑发热的敢死队
向着生活准备杀过去，冲啊
只是海水似乎什么都没听见

一个浪接一个浪拍打着我们

1996年6月末

贫穷得没有游泳裤的肉体

殡仪馆

上半夜，它是乐清最热闹的地方
人间与阴间的口岸集市
失散在街巷和小区里
的亲人，找到了死亡
这个比柴米油盐更强大的主题

死者正襟危躺，真实的生活
他们演得格外逼真
仿佛在开一场会议
主席台上还没轮到发言的领导
一脸肃穆地吸着二手烟

讣告牌上的陈词滥调此刻油墨未干
像他们千篇一律的人生还留有余温
一辈子都平平淡淡乏善可陈
死亡给了他们最后一次荣光
呵，那些死了也没人关注的人
此刻黯然神伤，像开了一家

无人光顾的饭摊

下半夜人间寂静，圆月在天
他们起来打开门来到广场上
为着天明后即将到来的葬礼
他们心里紧张，一次次排练
一个正直的死者应有的风度
和表情

洗　海

早上起床提了桶水
给风尘仆仆的大海洗脸
好在海是诚实的
不粉饰太平，也从不欺瞒
赶海的人和海边的卡车司机
他们和我一样
在焦虑和恐惧的日子里
咬牙承受一片海的重量
偶尔也会抬头看一看
海上的月亮和波纹

第四辑

独自摇滚

每一位老人都值得崇敬

每一位老人都值得崇敬值得爱
他们在时间的砍杀下　满身伤痛
却依旧挺立在最前线
为我们抵挡死亡黑白的子弹
他们青春的肌体沦陷了　只有
疲倦的黄昏运来松软的空气
支援弹尽粮绝的老骨头

有一天，他们必将倒下
化成一阵烟、一抔灰
就像我爷爷和奶奶一样
但他们为我们赢得了宝贵的时间
在他们倒下前
我从来没想过有一天我会死
我爸爸也没有多想

三轮车姚师傅

我只知道他姓姚，河南人
在乐清的街上踩人力三轮车
看上去五十来岁（我猜实际没有）
我让他帮我把二十来袋泥土
（每袋七八十斤）
从一楼扛到三楼“十颗汗水”的花坛里
他把外衣脱了一袋袋往上扛
他大概花了一个多小时，流了一千颗汗水
赚到了一百五十块钱
他做保姆的妻子因为疫情在家休息
也过来帮忙，夫妻俩对这笔额外的收入
显得很高兴，和我说话时脸上的皱纹
层层荡漾。等我下楼的时候
夫妻俩面对面站在街上的三轮车边
姚师傅在穿衣服，妻子在帮他整理衣领
那场景，让人联想起《泰坦尼克号》里的男女
站在船头说“You jump, I jump[1]”的情景

---

1. You jump, I jump：你跳，我就跳。

今天我存了姚师傅的手机号
微信新朋友里跳出他的微信名：散落天涯
我突然找回了消失很久的写作冲动

三轮车夫

他们骑着三轮车穿梭在深夜两点的街道
腰肌劳损和一家人饥饿的胃口之间
但有无边无际的力气
在寒冷的冬夜挥汗如雨，在夏日
午后的烈日和暴雨下奔走

五六平米没有窗户的出租房
是派出所规定他们可以手淫、打鼾
说梦话的地方，梦里他们重复播放
属于他们的村庄和女人的名字
经常吓到饭后出来散步的邻居
老鼠和蟑螂一家

我们看不到他们生病的样子
看不起病，只能怔怔地望着
没有鸟飞过的天空熬过去

我们坐他们没有牌照的三轮车

扔给他们几个硬币但有时候
要被动地跟他们一起飞快地逃窜
那些被拉走的车
串成一长串，像火车一样哭泣
扔下悲伤的车夫茫然地望着
突然升起的黄昏

而有一次我经过一条街道的背面
发现他们正在吃午餐，两个实心包
一碗清汤上面漂着点紫菜和油花
还有一次，我在深夜的街头等人
一群等客的三轮车夫聚在一起
用他们的家乡话热烈地讨论着什么
他们刚刚从地里收割来的、从土里
挖出来的江西话、安徽话或河南话
我一句都听不懂

在一个地方待久了

在一个地方待久了，就会和那里的花花草草
混得很熟，像哥们一样讲讲感情和相互信任

我会相信每一棵植物都是善良的，不会用恶意的
目光打量清晨和黄昏，我会相信毒蘑菇
也约等于一个心地善良的姑娘，她只是
有自己不被了解的心事和坏脾气

有时候在一块草地上停留的时间超过两分钟
就会有爬山虎和牵牛花嫩黄的藤条爬到脚背上
像一群顽皮的孩子在上面做天真的游戏
然后沿着小腿往上爬，到达我全身怕痒的地方

一定要忍住笑，为了不吓到这些怕羞的孩子
他们一定把我约等于一块性格敦厚的老木头
作为在这个人情冷暖的世间最后的依靠

病　友

听说那个和我同病房的老人已经死了
在我出院的时候他曾经托我一件事
并给我留了他的手机号码
我没来得及去做这件事，他已经死了

某一天，我在手机上翻阅通信录
突然看到他的名字，他生前的手机号码
就好奇地按了一下拨号键
过了许久，手机里传出一个声音
“您拨打的号码是空号……”

过了一段时间，我又在手机上翻阅通信录
又看到他的名字，他生前的手机号码
又好奇地按了一下拨号键
过了许久，手机里传出一个苍老的声音
“喂，喂——你是谁啊——”

断章（一）

喝完一坛老酒，我醉了吗？
抱着空酒瓮去花店插花
野兽是我，美女也是我
哭喊的不是我，在路边
坐了一夜的那个才是我

未来水世界

太阳和月亮是一对哭泣过的眼
天空忧郁得像父亲的脸
珠穆朗玛　珠穆朗玛
地球硕大的乳房日渐枯萎

爱飞翔的鸟身背氧气筒
在山冈上游来游去
打捞溺水的森林和自己
孩子的尸体

幸存的男人和女人在鱼背上做着爱
做着梦
梦里他们看到
种在鱼腹里的麦子
没有阳光
也能在孩子出生前成熟

端午诗

我很清楚
还有一个地方没有到达
那里，人们活着
仅仅为了一个细节的复活
今夜，全世界都是清醒的
唯独我把自己灌醉，蜷缩着
于黑暗中听见一阵阵水花
血液上涨

但我只能保持清醒
把车停在路边，打车回家
或者用打车软件叫一个代驾
自己坐在副驾上前行

沉默着过了
一个又一个高清摄像
我知道身后
日益宽阔的道路就是一把枪
正瞄准着我的后脑勺

星期天下午

春天会不会来到星期天下午的教室里
让每一张被作业本折磨得疲惫不堪的课桌
都有机会春意盎然起来
桌椅板凳全都长出新鲜嫩绿的叶子
上面奔跑着昆虫的微笑和野兽的呼吸

一片常春藤迅速爬上写满白色粉笔字的黑板
绿色的叶子挂满清澈的露水　姿势优雅地
覆盖掉　密密麻麻的标准答案
另一种叫不上名字的植物悄悄地爬到老师嘴边
用它含情脉脉的叶子
温柔地捂住了他正准备讲课的嘴

孩子们一进教室坐下来就静静地睡着了
梦里他们第一次见到了没有对错的森林
和挂满果实的苹果树　牛顿在树下一边读诗
一边神态诡秘地啃着红富士大苹果
阿基米德把身体整个泡在露水汇成的湖泊里

要把自己污染后世的思想洗干净
他臃肿的身体被鱼儿抬着要扔出水面
湖岸上，一群野兽在对着他议论纷纷

有一只蚊子活得很不好

有一只蚊子活得很不好
凌晨三点还在加班
它发出的嘤嘤声令人唏嘘
生活是多么艰难啊
哪怕只是做一只蚊子

有一个姑娘也活得很不好
凌晨三点才走出歌舞狂欢的金公馆
她外地口音的高跟鞋踩在
这个城市困倦的街道上
发出的“笃笃”声像是她在用力
拍生活的门

有一个老人在街灯的光亮中拾垃圾
他荒凉的背影在凌晨三点
弯向了四点，他在荒凉中捡拾荒凉
他是睡得最迟的人还是起得最早的人
这是个伪问题，却让我耗尽心血去计算
从凌晨四点直到时间斑驳的未来

死去多年的人

死去多年的人在夜里回到故乡
冷风中他们的身影薄如月色
活着的人听不见他们在树底下哭泣
抱着树身像阵冷风那样呜咽地哭
只有正在死去的人
会看见他们在夜里回到故乡
只有衰老的狗在废置但没来得及拆迁的
老屋里不停地呜呜呜呜

他们一辈子没离开过家乡半步
一辈子在故乡瓦砾般粗糙的方言中
吃喝拉撒　传宗接代
最后是用方言宣布了
自己并不隆重的死
却不能用方言向外乡的年轻女子
问一问回老屋的路
因为当他们回到告别已久的村庄
故乡的水泥路不再叫得出他们

年轻时候刻在石板路上的名字
故乡的人
住进了商品房从此不再打算
提起这些死去多年的人

死去多年的人，在家门口迷路
并且无法想明白一个道理
当他们死去，这片生过养过他们
的土地，还能不能被他们叫作故乡
只有在午夜下班的姑娘
被人灌醉的青春
用他们无法听懂的普通话
大声地说着笑话
所有在夜里哭泣的灵魂
委顿成满地的落叶
被清洁工人用扫把轻轻扫去

马航 370 无韵十四行

他们消失在宗教也到不了的地方
智能手机无法联通的两个世界
把祈祷翻译成无常的语言
命令我们接受逻辑无法证明的猜测

鱼群浮上水面或许目睹了一场空难
但它们并不会说出这个事实
只是静静地看着 239 人一齐沉入水中

一条大船经过某个时刻或许见证了
另一个它同样不会说出的事实
船长的日记记满了船下沉的刻度

但这一切媒体上没有一个字的报道
我们也很快返回到自己的性格
更多的年轻人因万有引力在未来相爱
而把他们的孩子降生在这人间

鸟 窝

一只鸟过冬回来找不到自己的窝
两只鸟过冬回来找不到自己的窝
三只鸟过冬回来找不到自己的窝
这个春天我打开位于十九楼新居的窗
无数只过完冬回来找不到自己窝的鸟
一齐向我的新房子冲过来
一齐撞死在装修时粉刷得洁白的墙上

这里原先是一片田野，有一片小树林
是这个地方，最早听到春天的地方
现在是本地高级住宅区
里面歇满了各种各样的高档小轿车

白　鹭

是谁剪出的闪电
掉落田间肥沃的剪刀
河水拐走了秘密的情人
天上的女性思念人间时
飞走的乳房

我下班经过中心公园
看见三三两两的白鹭
挥动锋利的翅膀
削掉日子毛茸茸的表皮
我突然记起了
自己在天上没干完的工作

台　风

今夜，我奔跑在台风的马蹄前
奔跑在一篇睡眠的绕口令中
我是被睡眠遗忘的人　我醒着
我是被台风批评的人　我痛哭

我身后紧跟着恐慌的人们和街道
紧跟着孩子的哭声和河流的腰肢
紧跟着呼救和海洋决堤的传言
今夜，少女和工业区暂停了生长

我也突然停住，让台风在头顶上登陆
台风的千万只马蹄踩烂了人类的头脑
和房子的屋顶　馊了的爱情和言语
踩烂一个季节的形式和西瓜皮

今夜，台风修改了我们头脑中的程序
台风的千万只强劲的手
把生活向昨天搬回五毫米
一切都要停住　一切都要停住

掰手腕

城市的摩天楼群间
最后一片空地
已经被征收，填方
成为熟地
等待着拍卖，建成房子

被征了地的村民
见缝插针，在空地上
锄地的锄地，挑水的挑水
养了鸡鸭，种了菜
一幅农忙的景象
在希望的田野上
鸡鸭悠闲，蔬菜绿油油

一辆推土机把田野
推回了待地产商开发的熟地
村民们又从四方聚拢
锄地的锄地，浇水的浇水

重新种了菜，养了鸡

像是年迈的乡村和年轻力壮的城市
掰手腕

现实一种

两腿之间，故乡的田野土壤肥沃
在劳动中找到生命的快感
日出而息，日落而作
楚地的方言在他乡的夜晚汇聚成歌

生活的重量让你无法站直了微笑
躺下来成了唯一可以活着的姿势
用双腿紧紧夹住不断坠地的命运
这样的夜晚你必定累得气喘吁吁

国悼日[1]

今夜，蚊子不会第二次去叮哀痛的人们
这些无情的生物，一旦吸到了哀伤的血
就陷入比哀伤更伤的疼痛中，无力挣扎
它们主动折断一只翅膀，让飞翔的狂欢
删掉了全部绚烂的景色，剩下黑白的版面
大篇幅的灾难暂停了它们游戏的秘密频道

它们停歇在广场上、市政厅、生活反面的墙壁上
大腹便便，心事沉重，面容严肃，当警报响起
它们失衡的飞翔终于简化到默哀的极点
别人的血刹那间在自己的血管里沸腾了
发誓把血还给哀痛的人们，还不回去的
就用来把哀悼日染成国旗的颜色
被遇难者张大的嘴里吹出的风美丽地掀动

---

1. 2010 年 4 月 14 日玉树地震造成 2698 人遇难，4 月 21 日举行全国哀悼活动，全国和驻外使领馆下半旗志哀，停止公共娱乐活动。

老　师

老师，我看到太阳底下你的影子，那么乏力地
书写你的高尚，你坚持不说谎，却选择了相信谎言
并以此作为坚持下去的理由
当年华渐失
又一个秋天不请自到，九月意味着新的开始
还是像你青春年华的树叶又将被秋风吹落一片
农民把粮食取走，大地被上天收回夏日的丰腴
你拿什么抵挡从北方吹来的寒风，面对空空的教室

和出租车司机的短暂交往

上车后发现司机是位大伯
六十来岁，正抽着烟
问我抽不抽然后给了我一支
雄狮牌香烟。帮我点烟时
车偏离了行驶道
差点碰上旁边道的车
我也给了他一支烟
这几天我在抽的细中华
他绽开皱纹说这一支
可以抵他一包的雄狮了
我很诚恳地问他：
中华有比雄狮好抽吗？
我觉得雄狮味道也不差
他抬高声音说：“差距大了！
这就好比肉和豆腐，
当然是肉好吃了。”
“可我觉得豆腐好吃。”
大伯看看我

用他的河南口音
讲了一个笑话
一个吝啬的财主
一日三餐让全家只吃豆腐
说豆腐是他的命
别人请客桌上有肉有豆腐
他筷筷不离肉
“豆腐不是你的命吗？”
“我见了肉就不要命了！”
这笑话现在一点都不好笑
但很多年前我第一次听这笑话
也曾发出哈哈哈的笑声
或许那时候我也觉得
肉比豆腐好吃太多

第五辑

诗歌朋克

口　罩

一

N95 口罩紧紧罩在脸上
勒得两颊生疼
像小时候说了句脏话
被母亲扭住两颊往外扯
意思是撕烂你的嘴
这是万岙堂大人教育
说脏话孩子的必杀技

二

收到从国外
寄来的几十个 N95 口罩
竟有些不知所措
给些谁戴，自己
什么时候才戴，戴上后
应该去干吗

这烦恼多么像穷光蛋
买彩票中了 500 万大奖

三

看着同事戴了个
N95 口罩
无比羡慕
仿佛我骑个单车
他开了辆兰博基尼
我住单身宿舍
他住上海花园

四

突然觉得钱算个屁
口罩才是财富

你家有多少个口罩

能不能支撑到

世界末日

努力地

让自己成为

最后一个被感染的人

这才是最重要的

疫情时代

午夜十二点
乐清胡桃里酒吧
五个工作人员
台上乐队六个人
一桌三个客人
岁月还是静好
歌声那么动听
夜在灯光和歌声里
越来越醇厚
客人想走不好走
乐队还是那么卖力
只有几个把口罩
挂在下巴的服务员
闲靠在墙边
不停打着瞌睡

庚子年生活（组诗）

疫情真不好

最明显的是
戴了口罩
喝奶茶喝咖啡
和尿尿一样
程序烦琐

头剃到一半

头剃到一半
剃头剪没电了
问题是
我怎么也找不到
配套的充电器

矛　盾

买了点
口罩股票以后
就陷入了
深深的矛盾
我是该盼着
疫情在全球暴发呢
还是立马结束
哪怕我亏得
血本无归

买那么多书有什么用

一直有人疑惑地问我
买那么多书有什么用
现在我终于有了答案

把丢得到处都是的书
整理一遍
十四天在家的日子
一下子就过去了

忘记戴口罩

走到小区门口
意识到忘戴口罩
迅速逃回家
一边逃一边想
忘戴口罩出门
比忘穿裤子出门
还可怕

测体温

保安小哥把体温枪
瞄准我额头时
我在心里死死摁住
自己的两只胳膊
免得它们不争气地举起来
仿佛向他娘的病毒投降

朋友圈（组诗）

我很无聊

有个人
在朋友圈里说
“我是傻子”
我打算评论
“我赞成”
发现她设置了
不能评论
因此我觉得
她没一点诚意

鬼故事

在朋友圈
讲一个鬼故事
天亮前隐去
如此反复

那些失眠的人
就会重新相信
这世间有鬼神
也会有因果报应

似是而非

把一个人的微信
拉黑了或删除了
不一定全是恨与讨厌
还有可能是爱
很爱却不能爱

貌似有理

发朋友圈
只给一个人看

或只不给一个人看
往往是同一个理由
爱或者说爱的瓜葛

马　桶

做一个马桶其实也挺好
可以一天到晚在卫生间里发呆

云娜台风

洪水在凌晨三点淹过
我的脖子
突然停电
眼睛好像瞎了
好像盲人找不到盲道
丢失了拐杖
但能听到汹涌的车辆
朝自己撞来
尿意很急
要在洪水中打捞那家伙
比抓一条鱼还困难
灵机一动
就地解决
反正洪水泛滥
也不嫌多我一泡尿

修　行

在心底修了一座庙
点燃一根根烟
都觉得好像自己
给自己上了
一炷炷香

代　驾

从温州叫代驾回乐清
比去年便宜了百元
不管是不是因为
经济萧条，我都很开心
代驾师傅更开心
这是多么难得的
一桩长途生意
他说：这一夜
只用三笔这样的
他就可以回家休息
我突然想到
从温州代驾到乐清
再从乐清代驾回去
喝两瓶啤酒后
再让他代驾回乐清
他年幼的女儿
在午夜梦醒
看着父亲疲惫的身影
还能重新入睡

王国维之死

所有殉道者都死于
同一个问题
全仓买入一只股票
结果这只股票
退市了

断章（二）

点燃头发
头顶上
一片光明
把脑袋摘下来
狠狠摔在地上
是痛多一些
还是快感多一些

赵雷新歌《三里屯的夜》

如果让我写同题诗
我会这么写
三里屯的夜里　啪
啪，啪，啪……
像是北京这地方
蚊子很多
朝阳群众、丰台群众
都在忙着打蚊子

同学会（二）

初中三十周年同学会
筹办小组全网搜寻
在时光中散落的同学
像把一个打碎的碗
重新拼完整
但是这已经无法实现
有两位确定是不会来
参加同学会了
一位几年前生病去世
一位摇身成了“十八罗汉”之一
担任阿里巴巴副总裁
他们都去了不同的世界

斩杀螃蟹

把螃蟹翻倒摁住
不锈钢菜刀锋抵住
螃蟹脐，缓缓用力
冷血动物没有眼泪
两只大螯张开
死死钳住刀锋
像是反抗，像是求情
像是受到惊吓的孩子
用力捧住暴怒的父亲
即将落在他皮肉上的
棍子

第一次和最后一次约会

第一次约会
我坐在痰盂上
你坐在另一个
痰盂上
我们俩之间
只隔着一小段
小石板路
一场春天的蒙蒙细雨

最后一次约会
在 12 月的殡仪馆
你睡在青松厅
我睡在明月厅
夜深亲人们都散去
我们起来打开门
手牵手在广场上
散步。明月当空
照着对面山上的青松

我们都明白
带不走人间的一小片
风景，只带走彼此
手心里紧张的汗水

殡仪馆之诗

以吊唁的名义
我们一次次
见习死亡
有时甚至是实习
直到我们感到
亲切和温暖
就像今晚
殡仪馆里灯火
灿烂，三三两两
人们围坐一堆
嗑瓜子或者抽烟
还有免费的茶水
他们谈论汽车和房价
谈论各自做生意
的城市和天气
我听得入迷
忘了这一年这一天
躺着不能动的
已经是自己

后记

搬迁到纸上的家乡

卢小宇

万岙堂是我的家乡，是个叫前山的行政村的一部分，即使是前山村的村民，也渐渐意识不到前山村分为三部分——万岙堂、下段和上段。

地理上的万岙堂坐落在浙江温州乐清市的城南街道，乐琯运河从村前蜿蜒流过，这条并不很宽阔的河流是我童年戏水、游泳和摸鱼虾、螺蛳的乐园。妈妈们在河埠头洗衣服、煮饭的米以及种出来即将拿去卖的各种蔬菜，我在河岸边目睹河水吞噬了小伙伴。我在临河的老屋里出生并成长到十二岁，在这里我开始了第一声啼哭和对世界最初的触摸，可以说这里形成了我对生活最初的认知，这里保存了我珍贵的童年记忆。

三十多年前，万岙堂离乐清县城三公里，有一条两边种着桉树的柏油公路104国道线和乐琯运河都可以通往县城，国道线和乐琯运河两边是桥头、万岙行、朋岙、盖竹、宋家庄、湖上桥、南岸、石马、县浦、水深、马车河、盛家垟等十来个村庄和围绕着村庄蔓延的水稻田、荷藕田以及种着韭菜、大蒜、葱、丝瓜等经济作物的旱田，这一片坐落在乐清县城的城南部分，在新中国的行政区域划分上曾经被叫作城南公社、万岙乡，后来又被并入城区的乐成镇，乐成镇后来又分为乐成街道、城东街道和城南街道，现在万岙堂所在的位置及周边的前山村和万岙村又在行政区域上被叫作万山社区。

近二三十年来，随着乐清的经济发展和全国范围内的城市化建设的推进，乐清县在我十四岁的 1993 年撤县设市，并不断地发育。乐清市的城区快速地向万岙堂的方向发展，万岙堂以及万岙堂和城区之间的田地被征收建设，从记忆中纯粹的乡村变成了城区和城乡接合部以及城中村。尤其最近几年，以上提到的大部分村庄和田野已经完全消失，成为一个个现代化的高档小区和公园绿地以及工业厂房、商业区，只剩下一个个曾经被我们一次次呼唤的名字刻意刻在曾经的村口的石碑上，或者溶解在拔地而起的商品房高楼和小区的名称里：石马大厦、县浦公寓、南城嘉园……

而我出生的万岙堂这个小村庄，沈海高速乐清出口、温州轻轨 S2 线万岙站、正大广场商业综合体都已经像乐清这个像野兽般充满野性和活力的正在快速发育中的城市的獠牙一样咬住了它，整村拆迁工作也已经进入程序。

我在诗歌里说的万岙堂有时候指具体的我出生长大的万岙堂，有时候指的是前文提到的已经消失和正在消失的村庄。甚至可以说，万岙堂其实也可以理解为整个依山面海的乐清市的城乡接合部。这个问题阐释清楚了，一些熟悉乐清城南片的地理状貌的读者朋友就不用纠结万岙堂到底还存在还是消失了。

乐清市是浙南地区的一个县级市，下属于地级市的温州，这里是在新中国经济史上尤其是改革开放历史上有名的“温州模式”的发源地。人们早在改革开放初期甚至在改革开放前就热衷于走南闯北去谋生和求发展，到东北国企里跑供销订业务，拿到了订单后去找货源，然后渐渐发展为自己动手生产，由家庭作坊慢慢发展成为有一定规模的各类电气企业，其中最有影响力的当然就是后来成为全国著名企业的正泰、德力西和天正等。在我的童年记忆里，父亲就是最早一批外出东北跑供销，后来发展成为自己生产电气产品的乐清人。另一些人则到北京、沈阳、太原等大城市的商场去承包柜台销售服装，然后为了保证货源和利润，在城市里就近生产，北京丰台著名的浙江村那些亲戚带亲戚白天做衣服晚上把做服装的台面一收拾作床铺睡觉的服装加工店里的北京人眼里的浙江人其实也大多是乐清人，我的很多小学、初中同学小学、初中没毕业就被亲戚带到外地去做衣服去了。在出去闯天下之前，这些成长于八十年代和九十年代前期的乡村儿童和少年，他们以一种古老原始和朴素的方式在田间、山坡、村头巷尾、乡村学校质朴而野蛮地成长，满山遍野地奔跑嬉戏，在田间和山野寻找野草莓、铁山茄等野果子满足自己寂寞的嘴巴和空虚的胃口，通常也会像《社戏》里的偷罗汉豆煮着吃一样去别人的果园和蔬菜地里偷成熟或者没有成熟的水果，一旦被较真的主人抓住是要被罚两本露天电影作为惩戒和示众羞辱的。当然，在物质和精神都贫乏的城乡接合部，在改革开放刚开始的八十年代，万岙堂还是一个完全以农耕生产为主的村庄，村民都种植水稻作为自己家的粮食，绝大部分村民靠农业生产增加经济收入，种植韭菜、葱、大蒜和各类蔬菜，在下午从田里采摘回来，一家人在黄昏昏暗的灯光下或者连灯都没有的屋檐下清理黄叶和沾在根须上的泥土，然后在第二天凌晨用自行车驮着运到几公里外的市场上售卖，一分一毫地赚取和积攒起来，省吃节用，然后尽可能地盖上一座钢筋混凝土结构的新房子，实现自己一生最大的人生目标。那时候，很少有家庭会在孩子的教育上焦虑，孩子们都是自由的，有的孩子早早地开始混社会，他们打群架和混帮派甚至要流氓，他们粗粝而生机勃勃的自由成长，和今天被教育内卷及社会性成长焦虑困扰的孩子截然不同。

曾经以为，万岙堂这样最普通的日常生活场景是文艺青年嘴里的“眼前的苟且”，不是“诗和远方”，并不值得我们去书写。但是我写了，真真实实地去写了。在这里我花那么多笔墨来介绍乐清、介绍万岙堂，是想说明万岙堂既与所有乡村和城乡接合部有共性，同时又是一个相对特别的存在，这就决定了万岙堂的素材价值，而我出生在 1979 年，可以说是改革开放的同龄人，我眼里的万岙堂的变化恰恰是我们的国家改革开放的伟大四十年这个风起云涌的时代最前端的缩影。

作家侯山河兄说：《万岙堂》是诗歌的体裁，却是小说的内核。他看到了诗集里的诗歌写到的事并不一定都发生在我身上，而且在手法上有夸张、变形和虚构，但诗集里写到的生活大部分却是在万岙堂的乡村生活里真实发生的，我在诗歌写作的过程中进行了诗意的发现、挖掘，在情节上的整合加工和表达方式上进行变形与夸张，以达到艺术高于生活的效果，让它们成为诗。按我对诗歌的认识，这些写乡村、城乡接合部的诗歌，题材似乎是反映乡土，但我否认这是乡土诗，尤其是区别于我们通常理解的乡土诗。我也不是一个乡土诗人，事实上我是个现代派诗人，诗歌里的现代表现手法和审美意识上的现代性甚至是当代性恰恰是我所追求的。我努力让自己成为一个具有独立思想和文明意识的现代知识分子，用我当下的意识和认知水平审视我的生命、我来时的路和路上遇见的人，看见自己，看见形而下的具体世界。

小说家东君兄有次说我的诗歌里有种摇滚的节奏，问我平常是不是有听摇滚乐，我对他对文字的洞察力感到吃惊。民谣和摇滚乐的的确确是我的心头好，从十来岁接触到崔健和黑豹开始，我就为这种真诚、独立和有深度的音乐所吸引，成年以后，我更加沉浸在听民谣和摇滚乐尤其是英美的各种类型的摇滚乐当中。我想这些音乐的节奏和精神是会渗入我的血脉中的，所以我干脆用这些我常听的音乐类型来命名这部诗集的各个小辑，一方面觉得这些音乐类型的命名能召唤出小辑里的诗歌在题材或气质上的特点，另一方面也是对自己热爱却一窍不通的音乐这种对我来说只可远观无法亵玩的艺术的一次表白。

一部诗集是一个人的心灵史，也是一个人对时光的挽留和记忆的打捞，这种记忆不是完全客观的呈现，它是时光和世界经由我的生命与意识过滤及发酵的结果，它是一个诗人心灵的精液，带有一个诗人的精神的基因，可以说一个人阅读到一首属于他生命里的诗歌会让他在精神上怀孕。读现代诗、写现代诗快三十年了，我庆幸在我生命最青春、最有活力的十几到二十几岁遇到了艺术门类中最被大众误解的现代诗，我曾经多么孤独地读着、写着；我曾经多么幸福地读着、写着；我曾经如此贫乏的心灵被如此多伟大的诗歌滋养而变得富饶；我曾经如此幽暗的灵魂一次次被海子、奥登、米沃什、布罗茨基、洛尔迦、赫鲁伯、余华等瓦数很高的灵魂照亮。

茫茫黑夜和孤单长路上，手拿诗歌的火把，一路上遇见那么多诗歌界的师长、兄弟和姐妹：马叙、池凌云、崔勇、简人、赵思运、蒋立波、游离、黎阳、郑仁光、何乜、侯舒啸、游子衿、宗小白、陈允东、敬笃、卓铁锋、陈鱼观、缪明霄、风在先、余退、阿水、孔戈碧、小乐、毛小景……

> 我无限热爱着新的一日
> 今天的太阳　今天的马　今天的花楸树
> 使我健康　富足　拥有一生
> （海子《幸福的一日　致秋天的花楸树》）

诗歌给了我健康，给了我富足，让我拥有热爱的一生，我把我的健康、富足和热爱写在这本诗集里，为有缘翻开这本诗集的你，这样我就有可能把诗歌的火把递到你手上了，让你在精神上怀孕，生出一个哪吒。